最弱の攻略者の俺は足を進める。
その先に何があるかもわからずに、
期待と不安を胸に抱いて。
光り輝く黄金色のキューブへと。
灰の世界は神の眼で彩づく
俺だけ見えるステータスで、
へ駆け上がる
illust. まるまい

「無能と呼ばれ
続けた俺達は‼
諦めないことが
取り柄だろ‼」
「凪……兄ちゃん頑張るから。
頑張って……戦うから。
絶対凪をそこから
助け出すからな……」
涙を拭いて、その冷たい手を強く握る。
真っすぐと俺は凪を見つめて決意した。

その言葉はかつての自分に言った言葉だった。
同じような道を辿った二人だからこそ、
片方の熱は伝播して、折れた心に火を灯す。

銀野レイナ《ぎんの・れいな》
数少ないS級攻略者の1人。
ミステリアスな美人で灰の恩人。
龍園児彩《りゅうえんじ・あや》
ダンジョン協会会長の孫娘。
S級の魔力を持つが、
なぜか魔法が使えず……？

灰の世界は神の眼で彩づく 1

～俺だけ見えるステータスで、最弱から最強へ駆け上がる～

KAZU

OVERLAP

CONTENTS

The Gray World is
Coloerd by The Eyes of God

イラスト／まるまい

第一章 ▼ なんのためにダンジョンに？

The Gray World is Coloerd by The Eyes of God

俺は死ななければならなかった。

努力しても無駄な俺に差し出せるものといえば、この命ぐらいなものだからだ。

この世界では努力したって俺では超えられないどうしようもない才能で溢《あふ》れていた。

もしも努力では到底超えられない壁が目の前に聳《そび》え立っていた時、どうすればいいのか。

どれだけ頑張っても、どんな努力をしようとも、翼のない人が飛べないように。

その遥《はる》か頭上の頂には届かないのだとしたら、俺はどうすればいいのか。

それでもあきらめずに、腐らずに、努力し続けられるのだろうか。

誇り高く気高く生きられるのだろうか。

そんなことは無理だ、だって俺は……ゴミなんだから。

魔力たったの５の『ゴミ』。

幼少期から名前ではなくその侮蔑の言葉で呼ばれ続けた俺は、自分で自分をそう思い込んでしまった。

そんな子供が自分の輝かしい未来を諦めてしまうのは無理ないことだっただろう。

なぜなら、俺にとっては魔力という才能が全てを決める世界が普通だ。

生まれ持った魔力は、一切成長することはない。

生まれた瞬間にこの世界での勝敗が決まる世界。

俺が生まれる2年前、つまり今から20年前の出来事で世界は一変した。

突如空が悲鳴をあげたと思うほどの金切り音と共に、空には亀裂が生まれた。

そこから世界中に降り注いだのは、まるで宝石のような巨大な箱。

ルビー、エメラルド、サファイアなどの様々な色の美しい巨大な宝石のような箱。

それがまるで雨のように大量に地上に降り注いだ。

今ではキューブと呼ばれるその巨大な箱の登場で世界は一変した。

大きさは一軒家ほどはあり、まるで宝石のように煌《きらめ》く綺麗《きれい》な立方体で、その色鮮やかな箱に触れると吸い込まれるように人々は中に取り込まれる。

吸い込まれた先、その箱一つ一つの奥には異次元の大迷宮が広がっていた。

通称『ダンジョン』。

中に待ち構えているのは人類を殺そうとする異形の化け物。

それは『魔物』と呼ばれた。

ダンジョンから外に出た魔物達《たち》は人間を襲い、殺し尽くす。

この星に繁栄を極めた人類の化学兵器は魔力の鎧《よろい》を超えられず、なすすべもなく敗北を重ねていった。

種の敗北を、絶滅すらも世界中の人々が感じ始めたころ、それは起きた。

人類の覚醒、種の進化。

人類は、種としての進化を果たし魔物達に抗《あらが》うための、まるでファンタジーな力を手に入れた。

ならば付ける名前は決まっている。

その力は『魔力』。

魔力は人類の進化と化け物からの勝利を与えた。

そしてこの世界の在り方すらも変えてしまった。

生まれ持った魔力という埋めることができない絶対の才能の差が生まれた世界。

個人の力が、世界のパワーバランスまで変えてしまう世界へと。

そんな世界に俺は生まれた。

最低ランクに分類されるアンランク、その中でも最底辺の魔力をもち、魔力を計測器で数値化した時の値はたったの『5』。

進化を果たせなかった出来損ない。

本当ならここで俺は全てを諦めるべきだった。

それでも俺は諦めたくない、この最愛の家族の命だけは。

だから俺は覚悟を決めて一歩を踏み出した。

命すら捨てる覚悟をもって、その未知のダンジョンへと。

だからかもしれない。

俺にこの力が与えられたのは。

意味があるのかもしれない。

この黄金色に輝く眼《め》が、灰色だった俺に与えられたのは。

「はぁはぁ……助けて、助けて!!」

俺は巨大な鬼に襲われていた。

異形の魔物が突如授業中の中学校に溢れかえり、多くの生徒を殺していく。

友人も、知り合いも、いじめっ子も関係ない。

皆等しく殺された。俺よりも圧倒的に強い全員がだ。

血で染まる学《まな》び舎《や》に、生徒の悲鳴と異形の化け物の叫び声が響き渡る。

俺はその鬼に追いつめられていた。

もうだめだと頭を抱えて涙を浮かべる。

ここで俺はあの大きなこん棒に抵抗することもできずに潰されるんだ。

絶望の表情と、動かない足。

俺が死を目の前に恐怖から目を閉じたとき彼女は現れた。

年はさほど変わらないと思う。

高校生だろうか、黒い制服に身を包み、対照的な美しく長い銀色の髪は日本人離れして煌いている。

外国人だろうか、こんな状況でも自然と見惚《みと》れてしまうほど、彼女は氷像のように綺麗だった。

それなのに、ただ強かった。

その女子高生は通学用の鞄《かばん》を右手に、そして何も持たない左手をただ横に振るった。

直後銀色の光がものの数秒ですべての鬼を断ち切った。

まるで相手にもならないと、ただの一度の抵抗も許さずに、俺には視認することすら叶《かな》わずにすべての魔物を切り伏せる。

「大丈夫？」

その差し出された手を無意識に摑《つか》んだ俺は、二度と忘れることはないだろう。

その氷のように冷たく動かない表情と、それに反するような温かい手。

氷像のように綺麗だった。

俺は憧れたのかもしれない。

俺なんかとは比べ物にならないほどに天の上にいる少女。

俺では到底触れることすら許されないこの世界の最強の一角、S級覚醒者『銀野《ぎんの》レイナ』に俺は憧れてしまった。

アンランクで世界最弱の俺が。

～数年後、天地灰《あまちかい》、18歳、高校卒業の年。

迷宮で俺こと、天地灰は死体を漁《あさ》っていた。

洞窟のような場所なのに、壁は明らかに人工物の迷宮で松明《たいまつ》が薄暗く照らしている。

そこで、自分の自重と同じぐらいの大量の荷物を背負い、手を緑色の血で染めながら俺は死体を漁っていた。

「……よし、とれた」

その死体の腹をナイフでえぐって取り出したのは2センチほどの石。

その青白く光る石を俺はタオルで綺麗にし、鞄へと入れる。

顔を上げると、また死体があった。

緑色で、醜悪な顔、長い鼻に尖《とが》った耳の小鬼の死体だ。俺が再度かがみナイフでえぐろうとすると、怒声が飛ぶ。

「おい！　早くしろ、ゴミ！　死体漁りしかできねぇくせに、それも満足にできねぇのか！」

「ご、ごめん！　すぐ行くから！」

先頭を行く集団の一人に俺は『ゴミ』と怒鳴られて体をはねさせる。

すぐにてきぱきと死体から石を取り除く。

魔力石と呼ばれる魔物からとれる石、これは金になるから回収しなければいけない。

俺は死体から全ての魔力石を回収し、先頭集団に合流した。

「おい、ゴミ。茶」

「りょ、了解！　ちょっとまってね」

俺が全ての魔力石を回収し、先頭集団と合流するとふんぞり返る男が俺に雑用を命じる。

いつものことだ、俺は雑用しかすることができないのだから仕方ない。

「は、はい。佐藤《さとう》く――!?」

俺はお茶を紙コップに汲《く》んで、そのリーダーの佐藤に手渡す。

受け取った佐藤は、すぐにそのお茶を俺へとぶっかけた。

目を閉じる俺の顔と服は冷たいお茶でぬれる。夏でよかった。

「ギャハハ！　ちょっとは目が覚めたか？」

「は、はは。や、やめてよ～～」

俺は握りこぶしを隠すように背中に手を回し作り笑いを浮かべた。

まるで何もなかったかのように再度お茶を汲んで佐藤に渡した。

「佐藤さん！　今夜1杯どうっすか！　このダンジョンの稼ぎで」

するとと仲間の一人が佐藤にお酒を飲む仕草をする。

彼らは俺の高校の同級生。

つまりは未成年。しかし無法者であり不良の彼らは高校生の頃から酒にたばことやりたい放題なので今更だろう。

「いいねぇ！　んじゃ、さっさと攻略しちゃうか！」

そして佐藤含む4人が立ち上がる。

俺は休む間もなく全員分の装備品や、ドロップ品などの荷物をもってついていく。

戦う力、魔力をほとんどもたない『魔力10以下の旧人類』の俺にできることは雑用ぐらいだからだ。

しばらく攻略を続けていると巨大な扉の前まで来た。

禍々《まがまが》しい紋章が紫に怪しく光る巨大な扉は、中にこのダンジョンを司《つかさど》るボスがいることを表す。

佐藤達は一切躊躇《ちゅうちょ》せずにその扉を開いた。

全員が中に入ると扉がゆっくりと閉まり俺達は閉じ込められる。

中には一際大きなゴブリンがいた。

ホブゴブリン、初級者の登竜門的魔物だ。

その鬼と佐藤達の戦闘がはじまる。いや、戦闘と呼んでいいのだろうか。

なぜならあまりにも……。

「おら！　死ね‼」

「ギャハハ！　糞《くそ》雑魚！」

虐殺だった。

佐藤達《たち》4人は、特に苦戦もせずにそのホブゴブリンをタコ殴りにする。

彼らの力なら簡単に倒せるその魔物を虐殺した。

ここはダンジョン協会が定めたダンジョンの難易度でいうとE級に該当する最弱のダンジョン。

そして彼らは魔力量から判定される攻略者等級がD級、佐藤に至ってはC級の攻略者。

ならばボスといえど相手になるわけがない。

あっけなく死んだボスから俺は魔力石を回収した。

これでこのダンジョンは休眠モードに入り、ダンジョン崩壊は起こさない。

これが俺達の仕事。ダンジョンは定期的に魔物を間引いたり、ボスを倒さなければいけない。

もし放置してしまうと、ダンジョンから魔物が外に出てきてしまうからだ。

その現象をダンジョン崩壊と呼ぶ。

「今回も楽勝だったな」

「まじっすよ。これで10万近くもらえるんだからぼろいっすね、ダンジョン攻略」

佐藤達は、剣を肩にかつぎ楽勝だったと笑い合う。

しばらくその場で待っていると俺達の身体《からだ》を光り輝く粒子が包んだ。

「お、お迎えきたな」

これが攻略完了の合図だ。突如視界が暗転する。

浮遊感が身体を襲った後、眼を開くと俺達は四方を青く揺らめく水面のような壁に囲まれていた。

まるでサファイアのような美しい壁面に四方囲まれた、高さ幅共に10メートルほどの箱。

その箱の壁がゆっくりと外側へと四方に倒れ、俺達は見慣れた街並みへと放り出された。

通行人達がちらっとだけ俺達を見るが、よくある光景だとすぐに視線をスマホへと戻す。

大都会東京、他人に興味のない人ばかりだ。

「ふぅ。今月もノルマ達成できた。よかった……」

俺は地面と同化するように倒れている壁を見つめながら静かに、つぶやいた。

これがキューブと呼ばれる四角い箱で、ダンジョンの入り口だ。

そしてボス攻略後転移させられる出口でもある。

入るときは、ただ外側から箱の壁へと触れるだけでダンジョンへと潜れる。

中から外に出るには、入った場所にある同じような箱に触れるかボスを討伐するかしかない。

休眠状態はこのように地面に壁が倒れており、活動状態だと箱のようになる。

すると俺の肩が強く叩《たた》かれた。

「じゃあ、ゴミ。あと報告よろしく。分配はいつも通りで。ちゃんと振り込んどけよ」

ひらひらと背中ごしに手を振って佐藤達がパーティーメンバーである俺を置いて去っていった。

「りょ、りょうかい！」

俺はへらへらと笑って手を振った。

俺はこのパーティーの荷物持ち兼雑用。

彼らの好意でパーティーに入れてもらえている戦う力のないアンランク、覚醒者とすら呼べない存在なのだから。

むしろ感謝しなければならなかった。

俺なんかをパーティーに入れてくれているのだから。

だから文句はない。

そう思い込むように俺は佐藤の背中を見つめる。

見ると佐藤が俺を指さし笑っている。

周りの連中もバカにするように俺を指さし笑っている。

俺は悔しくてうつむいた。

そして拳を握りしめる。

でもすぐに深呼吸し行き場のない怒りを吐息に交えて外へと出した。

「ふぅ……よし。魔力石の換金は一旦帰ってからにしよう。とりあえず今月のノルマは完了だ」

俺はそのまま帰路につく。

その途中の帰り道、見かけたのは緑色のキューブの立方体、つまり活動状態のダンジョンだった。

「お、ここも休眠期間終わってるな。緑色のキューブ……B級か。俺じゃ一生かかっても無理だな……」

20年前空からキューブが降りてきたと同時に人類は覚醒した。

その覚醒と呼ばれる現象は、人類を種族として進化させた。

魔力というファンタジーの力でだ。

俺も小学校に入学する際に国が主導する魔力測定を行った。

周りの友人達がみんなD級や、A級なんていた中で、俺は逆に珍しいとすら言われるアンランク。

齢《よわい》7歳にして人生の敗北が決まってしまった。

変えようのない才能の差、どれだけ努力しようが埋まることのない魔力という力。

かっこいい攻略者に憧れていた俺は幼いながらに絶望したのを覚えている。

「……くそ！」

昔のことを思い出し気が滅入《めい》ってきた。

特に理由もなく俺は走り出し、家へと帰る。

でなければどんどん悪い方へと考えが進んでしまいそうだった。

今にも倒壊しそうなボロボロのアパートについた。

その一室の扉を開ける。

ここが我が家だった。

「ただいまー」

「あ！　おかえり……ゴホッ……お兄ちゃん。お疲れ様」

「凪《なぎ》！　寝てないとダメだろ！」

俺は荷物を玄関に放りだし、パジャマ姿で壁に寄りかかっている妹の肩を支える。

俺が帰ってきたと同時に笑顔で出迎えてくれたのは嬉《うれ》しいが、熱を持っているのか顔が赤い。

「ううん、今日はすごく体調がいいの。ほら、身体が動くんだ……」

ぼろぼろのアパートの一室、6畳一間。

そこで、俺は妹と2人で暮らしている。

母と父は随分前にダンジョン崩壊で死んでしまった。

あの頃は今のようにダンジョン攻略の方法が確立しておらず、世界中が地獄絵図だったので珍しいことではないのだが。

「そうなのか？　立てる……か？」

「余裕……だよ？　ほ、ほら！　あ！」

俺は体勢を崩した凪を抱きしめる。

軽くて細くて、今にも折れてしまいそうな身体。

「えへへ……ありがとう」

今年で中学生になるはずだった妹の凪は、とても可愛《かわい》い。

俺の宝物で、俺の生きる意味で、最愛の妹で……でも病に冒されている。

世界中でキューブが現れたと同時に大流行した不治の病、『筋萎縮性魔力硬化症』、通称AMS。

ALSという病気にきわめて似た症状を起こすことからこの名前が付けられた。

そして世界で今最も恐れられている病気だった。

この病気自体で死ぬことはない。

魔力によって生まれ変わった人類は筋肉を動かすのにも魔力を使用している。

その魔力が外部から摂取できず枯渇していき、筋肉にも影響を与え、やがて内臓などを除く、意識して動かすための筋肉が一切動かなくなる。

現代医療機器で生命活動は続けることができるが、身体が一切動かなくなる。

そして。

「ほら！　たかいたか――い！」

意識だけは生きている限り残り続ける。

「キャ！　も、もう！」

俺は妹を抱きしめ持ち上げた。

アンランクとはいえ、それでも俺は高校生。

中学生の妹を持ち上げるくらい簡単だ。

それに凪は……とても軽い。本当に……軽いから。

「どうだ、楽しいか？」

「もう……ありがとう、お兄ちゃん」

少し恥ずかしそうにしながら抱き上げられた凪は俺に壊れそうな笑顔を向ける。

その笑顔を見られるだけで俺は幸せだった。

でも俺には何もしてあげられない。

世界中で多くの人が自ら死を選ぶほどの恐怖の病と闘っている最愛の妹に、何もしてあげることができない。

意識はあるのに、身体は一切動かせないAMS。

自分の身体の中に死ぬまで何十年も閉じ込められる恐怖はどれだけか、俺には想像もできなかった。

「……お兄ちゃん？」

「あ、あぁ！　目にゴミが入ったかな？　はは」

情けない。

俺と凪は共依存と言われればそうだろう。

俺は妹に居場所、生きる理由を求めている、凪は俺がいなければ何もできなくなる。

何処《どこ》にも居場所がない俺は、誰にも求められない俺には、ここしかないのかもしれない。

それでも俺は……。

「大好きだぞ、凪」

「お兄ちゃん……私もう中学生だよ、恥ずかしい」

この気持ちは本当だから。

俺は妹を車椅子に座らせて今日の診察に向かう。

せめて今だけは、凪の自由にさせてあげたい。

この通院も、国家資格であるダンジョンの攻略者として登録しているからこそ利用できる保険制度で何とか食いつなげている状態だ。

命を懸ける職業のため、国からの援助はとても充実している。

だがもしダンジョン攻略者をやめれば、高額な医療費を払えずに俺はＡＭＳの凪の延命治療を続けるかの選択を迫られる。

俺は高卒、ＡＭＳの治療費は普通のアルバイトや仕事では到底払える額ではない。

この病気は世界中で発生しすぎて、国の財政を圧迫することから保険も適用外。

もし俺が攻略者をやめれば、金のない俺は凪を殺す選択をする書類に、サインしなければならない。

治療をやめるというサインを。

それだけは絶対に嫌だ。

だからこそ、俺はあんな嫌な思いをしながらも佐藤《さとう》のパーティーを抜けられない。

報酬はすべての雑用をこなして数パーセント。

雀《すずめ》の涙《なみだ》だが仕方ない。

必要なのはダンジョンを攻略したという実績だけ。

国が定めた一月に一度のダンジョン攻略のノルマだけは絶対にクリアしなければいけないからだ。

俺のような戦えない攻略者をパーティーに入れてくれるような酔狂は彼らぐらいだろう。

たとえ便利な召使いが欲しいだけでも、サンドバッグが欲しいだけだと分かっていても。

俺はただ耐えて彼らの機嫌だけは損ねてはいけない。

耐えていればきっといつか、幸せがくるはずだから。


だが現実はいつだって俺達《たち》を突き放す。

「お前もうこなくていいよ。パーティー解消すっから」

「え?」

凪を病院につれていき、ダンジョンの素材等を換金した後、俺は佐藤の家へと向かった。

雨がパラパラと降ってきたが、今日の稼ぎを早く渡さないと怒られると思い、俺はそのまま彼らのたまり場でもある佐藤の家へと向かった。

その玄関先での出来事だった。

「邪魔だから首だっつってんの。役立たずだし。これ全員で決めたことだから」

「ちょ、ちょっと待ってくれ。お、俺が何かしたか? 何かしたなら謝るから! 頼む、捨てないでくれ!」

俺は縋《すが》るように佐藤の前に膝をついて、謝ろうとする。

何かが彼の機嫌をそこねてしまったのだろうか。

傘を投げ出し、雨の中必死に何が悪いかもわからずに謝る。

「いや、お前アンランクじゃん。雑用しかできないし、俺達もっと上目指すことにしたから。つうことで無能はもう用済みってこと」

しかし言い渡されたのは、アンランクだからという変えようがなく絶対的な理由。

「そ、そんな！　頼むよ！　何でもする！　雑用だって全部するか――ぐわぁっ」

俺が佐藤の足に縋ると、佐藤は俺を振り払うように蹴った。

軽く蹴ったのだろう、しかしC級とアンランクでは身体能力が違う。軽く蹴られただけで意識を失いそうな衝撃が襲い俺は後ろにふきとぶ。

「た、頼むよ。妹が……ダンジョン攻略しないと……病気なんだ、頼むよ。なんでも……やるから……」

俺は口から血を出し、涙目になりながらも地面を這《は》って佐藤に頼むようにズボンを摑《つか》む。

雨で汚れたアスファルトの上で俺はドロドロに汚れる。それでも縋るように佐藤に頼んだ。

「きたねぇんだよ！　触んな！」

「がぁっ！」

しかし俺は顎を蹴られて地面に突っ伏した。

脳が揺れて意識が遠のいていき、徐々に佐藤の声が聞こえなくなっていく。

薄れゆく意識の中最後に聞こえた佐藤の言葉は。

「弱者同士勝手に野垂れ死ね。あ、妹はＡＭＳで死ねないんだったな。ギャハハ！」

絶対に許せない言葉だった。

佐藤は背を向けて、家に帰っていく。

俺は地面に倒れたまま泣いていた。

雨なのか涙なのか血なのかもわからないほどに俺の顔はぐちゃぐちゃになり、わんわんと子供のように泣いていた。

許せなかった。

妹に死ねといった佐藤が。

弱い俺達を助けてくれない世の中が。

そして何より力のない自分自身が。

たった一人の妹すら俺は守ってあげることができないのか。

毎月のダンジョン攻略ノルマを達成できなければ攻略者資格を剝奪され、通院も治療も受けられない。

そうなれば凪は、いつも辛《つら》い身体《からだ》を我慢して、それでも心配させないようにと無理な笑顔を向けてくれる妹はそのまま魔力を欠乏させて死ぬことになるだろう。

「あぁぁぁ！！！」

悔しくて悔しくて、でも努力ではどうすることもできなくて。

俺は何度もアスファルトを叩《たた》いた。

手から血が滲《にじ》んでも、俺はずっと殴り続ける、妹に謝るように。

俺の絶叫がただ雨の音にかき消され、この日俺はパーティーを追放された。


〜佐藤のパーティーを首になってから3週間後。

あれから俺は他のパーティーを必死に探した。

しかし、アンランクを募集しているパーティーなどいなかった。

なぜなら基本的に攻略者になるものはE級からだからだ。

アンランクなど、魔力を持たない頃の人類と大差はない。

異形の化け物と生身の人間が戦うなど、不可能なのだから。

「……荷物持ちでもなんでもするんで、なんとかパーティー見つかりませんか？」

「申し訳ございません。アンランクの攻略者となりますと……現在募集が0でして。一応E級のダンジョンを攻略されているパーティーにはご依頼させていただいているんですが……」

日本ダンジョン協会東京支部、世界中のダンジョンを管理するダンジョン協会。

その日本支部本社とでもいうべき巨大な建物の一階ロビーで俺は受付のお姉さんに頼ん

でいた。

周りでは俺と同じようにダンジョン攻略者達が、魔力石の換金やダンジョン崩壊が近いキューブへの依頼を受けていた。

「そうですか……ありがとうございます」

俺はパーティーに入れてくれそうな人を探して、連日このロビーを彷徨《さまよ》っていた。

しかしE級に分類される下位のダンジョンを主に狙って活動する攻略者達は少なく、いたとしてもパーティーメンバーは埋まっている。

だから案の定断られてばかりだった。

しかし、これはしかたない。

全員命を懸けているんだ、足手まといを薄っぺらい善意で入れてくれるほどの余裕はない。

俺は一人、足取りを重くしダンジョン協会を後にした。

「くそっ！」

その日の深夜、俺は暗い部屋で一人で悪態をついた。

これだけ探してもパーティーが見つからない、病気の妹がいるといっても協会は掛け合ってくれない。

期限が迫ってきているのに、道が見えない焦りと寝不足から俺はイライラしていた。

「お兄ちゃん？」

その俺の声を聞いて凪《なぎ》が起きてしまった。

「あぁ、悪い……」

「お兄ちゃん……しっかり休んでね？」

俺の目の下のクマを見て、凪は言っている。

ここ数日駆けずり回って忙しいのと、心労で休めていなかったからだ。

「……休めるわけないだろ、誰のために駆けずり回ってると思ってんだ」

そのイライラは俺の言葉にとげを生んだ。

何を言ってるんだ俺は。

やめろ、凪は何も悪くないだろ、止まってくれ。

わかっているのに、俺は自分の感情をコントロールできなかった。

「またこけてケガでもしたらどうするんだ、いいから寝てろって……」

「で、でも……」

「いいから寝てろ……」

「お兄ちゃん、私……あのね、お兄ちゃん。いつも……」

「お前は寝るしかないんだから、寝てろ!!」

言った瞬間、俺はハッとなる。

それは最低な言葉だった。イライラしていたとはいえ絶対に言ってはいけない言葉だった。

そんな言葉、言いたくなかったんだ。

「ご、ごめんね。いつも……ありがとう……ちょっと怖くて傍《そば》にいたかったの……ごめんね」

凪はそのまま慌てて、布団をかぶる。

「大好きだよ、お兄ちゃん。おやすみなさい」

そうして息をひそめるように静かになってしまい、俺は謝るタイミングを逃してしまった。

「……何やってんだ、俺は……」

俺は自分の頭を叩き、明日の朝、凪にちゃんと謝ろうと決めた。

～翌日、朝。

「おはよう、凪……昨日は……」

「お兄ちゃん……はぁはぁ……おは……よう」

「凪！」

早朝、凪に謝ろうとした俺が凪の布団へと向かうと、そこには明らかに衰弱している凪がいた。

呼吸がしづらそうに精一杯肺を動かそうとするが、うまく身体が動かない。

俺はすぐに凪を抱きあげるが、その身体は信じられないほど冷たくなっていた。

「凪！　大丈夫か!?」

「怖い……お兄ちゃん、怖いよ……」

「すぐに病院に連れてくから！」

俺は妹を背負って、鍵も閉めずに病院へと駆け出した。

ぐったりとした身体は力なく、背中からは小さな吐息しか聞こえない。

俺の心臓の音が聞こえてくる。しんどいからではない、不安で押しつぶされそうな嫌な予感が頭をめぐる。

凪は今、『筋萎縮性魔力硬化症』のフェーズ2と呼ばれる状態だ。

身体が動かしづらいが、何とか自力で呼吸もできるし、少しなら歩ける状態。

だから入院も必要はなかった。

だがもし、症状が進んでしまったのなら。

「頑張れ！　凪、もうちょっとだからな！　絶対大丈夫だからな！　俺がそばにいるからな、大丈夫だからな！」

二度と目を開くことはできない。

死ぬまで、いや、死んでもずっと。

俺は信じてもいない神に祈りながら、疲れも忘れてただ真っすぐに病院へと向かった。

国立攻略者専用病院。

攻略者のケガや、後遺症、また遺族や家族専用の病院であり、日本屈指の大病院。

攻略者を増やすために、国が作った政策の1つでもある。

俺は息も絶え絶えに、凪を背負ったまま受付の女性に治療を頼んだ。

すぐに担当の先生が来てくれる。

眼鏡をかけて、白衣を着た、30代中ごろのまじめそうな先生。とても優しい患者想《おも》いの伊集院《いじゅういん》先生だ。

「先生！　凪が！」

「灰《かい》君……すぐに運ぼう、こっちへ」

案内された部屋で俺は凪を横にする。

診察が始まったので、俺は部屋の外で両手を額の前で組み、まるで祈るように目をつぶる。

俺の足は震えていた。

するとものの数分でドアが開き伊集院先生が出てきた。

そしてそれは聞きたくなかった言葉だった。

「先生！」

「灰君、言いにくいんだが……フェーズ3だ。入院し、人工呼吸器で延命するしかない……もう手配したからひとまずは安心だが……おそらくもう……」

「そ、そんな！」

フェーズ3、それはほぼ死の宣告。

どんなに力を入れようが、全身がまるで金縛りにあったように呼吸すらままならない。

目を開く力もなく、ただ静かに自分の身体に閉じ込められる。

「先生！　何か！　何かできないんですか！」

「……すまない。まだこの病気の治療法は見つかっていないんだ。そもそも魔力というものが未知すぎて……現代医療ではとても……延命することしか。耳だけは聞こえているはずだから、せめて声を……」

そんなことは分かっていた。

わかっていてもそれでも、何かできないかと訴えかける。

しかし、答えは変わらない。

伊集院先生が、頭を下げてその場を後にする。

そのあと専用の機器が運ばれてきて、凪の身に装着される。

俺はその隣で、その手を握った。

まるで血が通っていないかのように冷たかった。

だがまだ目は開いていた。

必死に目を閉じないように凪はこっちを見る。

「凪……」

昨日まで笑っていたのに。そこまで症状が進行していたなんて全然気づかなかった。

フェーズ3への移行期は貧血のように、立っているのもままならない症状がずっと続くと聞いている。

身体も徐々に動かなくなっていき、自分の身が自分のものでなくなっていく過程はどれほど怖かっただろうか。

なのに、凪はずっと笑顔を向けてくれていた。

俺に心配かけないように、辛《つら》さを隠していた。

昨日だって怖くて怖くて仕方なかったはずだ。

なのに俺は、あんな言葉を、凪が大好きだと言ってくれたのに、俺は何も返さず思いも告げなかった。

「うっ。うっ。凪……ごめんな、ごめんな……」

ほとんど開かない目で見つめる凪を、俺は見つめ返す。

信じられなかった。もうあの笑顔が見られないなんて。

この病気は世界中で数百万人が発症している。

全ての人類が覚醒してから世界中の人が治療法を躍起になって模索している。だからいつか治療法が見つかるかもしれない。

だからその時がくるまで、できる限りの延命治療をしたい。

そのために、俺が攻略者をやめることはできない。

「凪……兄ちゃん頑張るから。頑張って……戦うから。絶対凪をそこから助け出すからな……」

涙を拭いて、その冷たい手を強く握る。

真っすぐに俺は凪を見つめて決意した。

たとえ一人だったとしてもダンジョンを攻略することを。

もしできなかったとしても、攻略者はダンジョンで死ぬと資格を剝奪されない。

むしろ遺族手当が遺族へと支給される。

だから俺が死ねば凪はこのまま治療を受け続けられるはずだ。

俺は昨日言えなかった言葉を何度も繰り返す。

「凪……大好きだからな。俺も凪が大好きだからな！」

そして、もう一度強く凪の手を握る。

「しって……る……」

かすれそうな声で、凪が最後の力を振り絞って笑顔を向ける。

俺の手を弱々しく、しかし強く握りしめ、ゆっくりとその目を閉じていった。

俺はその日、夜遅くまでずっと凪に語り掛けた。

返事がないのはわかっていた。それでもずっとずっと語り掛け、そして俺は立ちあがった。

「凪、兄ちゃんが絶対助けるからな。絶対だからな」

覚悟を決めて。

「命を懸けてでも」

前を向く。

◇同時刻、東京渋谷
「おい、なんだあれ？」

東京渋谷のスクランブル交差点の中心。

信号が青になり、大量の通行者が入り交じり、交差する。

その通行人の一人が何かに気づき空を指さした。

その指先に周囲も視線を向けて、同時に次々と空を見上げる。

金色に光り輝く四角いものがゆっくりと空から落ちてきていた。

時刻は夕暮れ、季節は夏。

太陽の赤い光に照らされて、それでも負けじと金色に輝きそれは落ちてきた。

「おい、あれって……」

「キューブだ!!　あれ、キューブじゃね!?」

「キューブ!?　金色の!?　そんな色聞いたことねぇぞ！」

次々とスマホ片手に写真を撮る通行人。

そのキューブと呼ばれる異界への入り口となる箱。

その箱がまるで木の葉のように、ゆっくりと重力に反して落ちてくる。

通行者達《たち》は落下地点を離れて見つめている。

信号が変わり、クラクションの音が鳴り響く。

そのキューブが、ゆっくりと音もなくその中心に舞い降りた。

誰も見たことがない、きらめく黄金色に輝いて。


～翌日。

「金色のキューブ？」

俺は覚悟を決めてダンジョン協会に向かうと、そこには緊急募集の張り紙が張られていた。

突如現れた金色のキューブへの第一期調査隊募集と等級不問の文字。

「等級不問……アンランクの俺でも参加できるのか？……参加報酬は……100万!?」

俺はその張り紙の下に書かれている詳細を見て目が釘付《くぎづ》けになる。

一体どういうことかと受付のお姉さんに聞いてみた。

「はい、間違いございません。参加していただくだけで100万円を支払わせていただきます」

「え!? 嘘《うそ》でしょ？　な、なんでですか!?」

「はっきり申し上げると、全く中の状態がわかっていないのが現状です。そのため第一次調査隊を編成中なのですが、人があまり集まっておりません。中の状態がまったくわかっていないため募集すべきレベルも分からない状態で、皆さん二の足を踏んでいらっしゃいまして……」

「なるほど……そ、それって俺でもいいんですか？　アンランクの俺でも」

「はい、問題ありません。戦闘は難しくても荷物を持たれたり、他の参加者のサポートをすることはできます。長丁場になる可能性もありますので」

「毎月のノルマに関しては……」

「はい、今回は特殊なキューブのため、参加時点でダンジョン攻略と同じ扱いとさせていただきます」

「さ、参加します!!　天地灰《あまち》！　金色のキューブに参加します！」

俺はすぐに返答した。

俺一人では、E級のダンジョンを攻略することは不可能、ダンジョンの栄養になる未来しかなかった。

ならば危険かもしれないが、参加するだけで100万円と雑用をこなせば攻略扱いにしてくれるこの提案はとても魅力的に映った。

「了解いたしました。登録いたします。では攻略者資格証の提示をお願いします」

「はい」

俺は財布から車の免許証のようなカードを提示する。

等級欄にはアンランクと書かれた、俺の攻略者としての情報が記載されたカードだ。

この資格証には最後に攻略した日、つまり3週間前佐藤《さとう》にパーティーを首にされた日も記載されている。

「はい。天地灰《かい》様。今週の土曜、8月6日、13：00から開始ですのでよろしくお願いいたします。参加費に関してはダンジョンから戻り次第支払わせていただきます」

「わかりました」

俺はダンジョン攻略の詳細が書かれた紙を手渡される。

昨日の今日だというのに、とても仕事が早い。

といっても未知のダンジョンはいつダンジョン崩壊が起きるかもわからないので1日だって無駄にはできないのだが。

その日は登録だけ済ませて、ダンジョン協会を後にした。

ボロアパートに戻り、装備品の手入れをする。

俺の唯一の魔力が付与された武器、腰まである鉄の剣。

所々刃こぼれしている安物だが、それでも10万円以上はする。

攻略者になることで国から支給されるたった1つの魔力が付与された剣。

俺でも持つだけである程度強くなり、そして剣を振り回すだけの力を得ることができる装備。

高校卒業後、すぐに攻略者になってそこから4か月間ずっと同じものを使ってきた。

6畳一間の狭い部屋で、俺はその鉄の剣を磨き続ける。

灯《あか》りを付けずに月明かりだけで照らされた部屋で一人。

とても狭い家なのに、最近はなぜかとても広い。

それと、静かで少し寂しい。


～土曜日、運命の日。


「よし」

俺はスマホの中にある、両親と妹の家族写真を見る。

小さくうなずき、腰に長剣を装備して集合場所である渋谷スクランブル交差点へと向かった。

そこには、50名からなる攻略者が集まっていた。

交差点は、封鎖され人通りが多かったのに、今は誰もいない。

ダンジョン崩壊を警戒してか人通りは少なくなっている。

俺は臨時に建てられた簡易テントの受付に、名前を記載し参加を表明した。

「すごい、こんな人数初めてだ。あれは……外国人？」

装備品を見ると明らかに上位攻略者もいるようだ。

それにあれは米軍人？　外国の軍服を着た集団が10名ほど参加している。

全員がとても強そうで、きっと上位の覚醒者なのだろう。

そしてあいつもいた。

「ギャハハ、これで一人100万だってよ！」

「戦闘は、プロ達に任せておけばいいっすからね！」

「ちげぇねっす！　俺達は後ろで見てりゃいいだけですし」

佐藤達も参加しているようだった。

俺は目を合わせないように、人影に隠れる。

しかし佐藤は目ざとく俺を見つけた。

「ギャハハ！　お前も参加してんのか、やっぱり貧乏人は100万が惜しいか？」

「……」

「……おい！　俺を無視する気かこら！　殺すぞ」

俺が目をそらし不機嫌そうに黙っていると佐藤が俺の首を摑《つか》む。

今にも殴られそうだが、周りには多くの攻略者達がいるため佐藤もそこまではしないようだ。

その声に、何人かが反応し俺達を見つめている。

「ちっ！　糞《くそ》が」

佐藤は俺をそのまま突き飛ばし離れていった。

もう彼らのパーティーじゃないんだ、俺がへりくだる必要はない。

それでもあの佐藤に抵抗するのは、少しだけ足が震えたが気持ちは悪くない。

すると、一人の男性が金色のキューブの前に歩いていく。

「注目!!」

大きな声でその場の攻略者達の視線を集めた。

30歳ぐらいだろうか、どこかで見たことがあるような……。

スーツを着てエリートサラリーマンという雰囲気だった。

おそらくあのスーツも魔物の素材からできている特注品だろう。

イケおじ？　できる男という感じで、眼鏡をかけて片目には傷。

「私は、田中《たなか》一誠《いっせい》！　ギルド『アヴァロン』の副ギルドマスターだ！」

その一言に、全員がざわめく。

俺でも知っている日本トップの攻略者集団、ギルド『アヴァロン』。

世界的にも上位に位置し、日本に数人しかいない最上位のS級覚醒者も所属する日本最大最強ギルドだ。

「今日は命がけになるかもしれない未知のダンジョンへ志願してくれたことに感謝する。我がギルドは日本政府、並びに日本ダンジョン協会より今回の金色のキューブについての調査、攻略の全権を任されている。それに伴って今回の攻略については私がリーダーとして任命された。よろしく頼む。では、先に注意事項等を説明する！」

この攻略については、田中さんがリーダーとして活動するそうだ。

実績もあり、本人自身もA級の攻略者として活動するそうで誰も文句はなかった。

そして注意事項や作戦について簡単に話が始まった。

といっても中は何があるか何も分からないので、指揮系統等の説明などだった。

指揮系統という言葉を使ったのは、米軍人達がいるからだ。

今日は田中さんが一応トップではあるのだが、米軍人チームは全くの別部隊となるらしい。

軍事介入のような気もするが、その辺は政治の世界の話なので俺にはよくわからない。

どうやら説明が終わったようだ。

田中さんが時計を見ながら一層大きな声で指示を出す。

「現在13時15分となった。では、全員準備はいいだろうか！」

その声に多くの攻略者達が武器を掲げて反応する。

田中さん達を先頭に、全員がキューブを取り囲むように並んだ。

「では、行こう！」

そしてキューブへと一歩を踏み出した。

キューブを取り囲んでいた名の知れた上位攻略者達が次々と中へ消えていく。

「よっしゃ！　いくぜぇ!!」

佐藤達も続いていき、中堅攻略者達が金色のキューブへと消えていく。

そして。

「よし……いくぞ」

俺は剣を握りしめて、ゆっくりと前へ進む。
自分の心臓の音が聞こえてきそうなほどに、鼓動が速まるのが聞こえてきた。
目の前には、まるで黄金のような箱。
光り輝く水面のように揺らめく金色の壁。
俺は躊躇《ためら》うように指を触れる。
水に水滴を落としたような優しい波紋と凛《りん》とした風鈴のような音が広がる。
「ふぅ……よし！」
そして俺は、両こぶしを強く握りしめて思いっきり突っ込んだ。
その先に何があるかもわからずに、期待と不安を胸に抱いて。
黄金色のキューブへと。
……
『神の騎士選定式への参加を認めます。現在参加人数38名……』

第二章 ▼ 神の試練

The Gray World is Colored by The Eyes of God

「ここは？」

視界が暗転し、次に目を開いたとき、俺は周りを石のタイルに囲まれた50メートル四方の正方形のような空間にいた。

まるで巨大なキューブの中だ。

青白い炎が燃える松明《たいまつ》が周りに設置されているようで、薄暗くはあるのだが十分部屋の中は明るかった。

あたりを見渡すと、参加している攻略者は全員いるようだ。

しかし現実に帰るためのキューブがない、一方通行なのだろうか。

本来であればキューブの入り口には、帰還するための小さなキューブが用意されているのだが、今回は見当たらない。

「帰還用のキューブはないか……よし、では人数の確認から行うぞ！　呼ばれたものは返事をするように!!」

田中さんが参加者名簿から次々と名前を呼んでいく。

俺も返事をし、全員の名前が呼び終わる。横で米軍人も点呼を取っていた。

「ふむ、全員いるようだな。まずは各自待機！　帰還するためのキューブが存在しないが、焦らないように！」

待機命令を出され、田中さん含む数名がこの部屋について調査を開始した。

四方を石で囲まれた巨大な箱。

そして俺の正面には、石の壁に描かれた3つの巨大な絵があった。

その3つの絵は順に並んでおり、左から順番に見ていくと。

「これは、戦ってる？　鬼と……人かな？　騎士？」

1枚目には、人と魔物のような異形が戦っている絵が描かれていた。

人は剣をもっており、鎧《よろい》もかぶっていることから騎士のような見た目をしていた。

その騎士が、何かよくわからないが多分鬼っぽい何かと戦っている。

「次は……騎士と天使？　じゃあやっぱり1枚目も騎士か……」

2枚目には騎士と天使だろうか。

人が両手を組んで天使のような何かに跪《ひざまず》く。

どこかで見たことがあると思ったが、あれだ、海外の騎士叙任式だ。

俺が見たのはアニメだが、確か騎士が自分の主君に忠誠を誓うときのようなポーズ。

「で最後……ってボロボロでなんもわかんないな……」

最後の絵だけは、ボロボロに欠けていて絵ということだけはわかるが何が描かれているか分からない。

それでも、1つだけなんとなくだがわかる部分があった。

そのボロボロの絵の頂点に三角形のマークがある。
それはまるでピラミッドのような三角形で、その中心に目のマーク。
この絵は見たことがある。
確か全能の目とかそういう呼び名だったっけ？
なんとなくネットで見たことがあるな。
俺が壁画を見つめて考えに耽《ふけ》っていると田中さんが俺の隣に来て、絵を見上げた。
その三角形の中心の眼《め》のマークを見てつぶやく。
「あれは……アイ・オブ・プロビデンス……神の全能の目か。一体ここは……」
そして、ゆっくりと絵へと触れた。
その時だった。
『力の試練を開始します。参加人数60名……開始まで10、9、……』
「なぁ!?」
直後脳内に響くような無機質な音声。
俺達《たち》は目を見合わせる。つまり気のせいではなく全員の頭に聞こえていた。
「全員！　戦闘態勢!!　何が起きるかわからんぞ！」
田中さんは瞬時に抜刀し、仲間達と背中合わせに構える。
俺も何が起きているかわからないが、鉄の剣を抜刀し構えた。
『6、5……』

「な、なんだってんだ!!　何が起きるんだよ！」

佐藤《さとう》が仲間達と慌てふためき焦りを見せる。

『4、3……』

「一誠、これは一体……」

田中さんの隣の女性も抜刀し、鋭い視線で扉を見つめる。

『2、1……』

「わからん。力の試練……とりあえず、死ぬなよ、みどり」

『0──』

「お、俺は！　死ぬ覚悟はできてる！　凪《なぎ》のために！」

『──時間となりました。力の試練を開始します』

そして俺の視界は暗転した。


「……ここは？」

気づくと俺はたった一人、最初と同じような部屋にいて剣を握っていた。

他の攻略者が消えていたが、多分俺だけが別の部屋に来たんだろう。

50メートル四方の正方形、ただし最初の部屋と違うのはあの巨大な扉がないということ。

そして、もう1つ違うのは。

「……力の試練……戦えってことか……」

俺の前、10メートルほど先にはホブゴブリンが立っていた。

木のこん棒を手にもつ、緑色の醜悪な鬼。

長い耳と長い鼻、しかし通常のゴブリンよりも明らかに体格が良くて俺と同じぐらいの大きさだった。

「ギャアァァ！！！」

ホブゴブリンは、初心者攻略者の登竜門だ。

多くのE級ダンジョンのボスとして登場する。

なので、一般的にはそれほど難しい敵ではない。

ただしE級のさらに下、アンランクの俺の場合は話が別だ。

この魔力を帯びた剣があれば戦いにはなると思うが……。

「ふぅ……こいつを倒すのが試練ってことか。最弱のボス……それでも俺には高い壁だ」

ホブゴブリンはいつも佐藤達が虐殺している。

ただしそれは、彼らがC・D級だからできることだ。

俺は初対戦、というか魔物とのタイマンすら初めてだった。

俺ではあのこん棒の一撃すら致命傷。

「ぐっ！」

ホブゴブリンが俺を殺そうと走り出し、こん棒を上段から振り下ろす。

俺は、横に飛びのいてその一撃を避けた。

冷や汗が流れる。しかし避けることには成功した。
俺はこの鬼に速さでは勝っているようだ、しかし力では負けているだろう。
そのこん棒で叩《たた》いた床を見る。固そうな石のタイルの床が割れていた。
俺では、あのこん棒で叩き割ることなどできない。
「よけながら少しずつ削る……丁寧に、組み立てろ」
俺の作戦は、一撃も食らわずに少しずつ剣で削っていくこと。
速さで勝っている俺としてはその作戦が一番有効だと思った。
「ギャァ‼」
「あぁぁ‼」
ぎりぎりの戦いが始まった。
それでも恐怖で震えなかったのは、覚悟ができていたからだろう。
たとえ俺が死んでも、攻略者の遺族として妹は国から治療を続けてもらえる。
そのためにこんな無茶なダンジョンに挑んだという理由もある。
それでも死にたいわけではない。
死んでもいいと覚悟は決めたが、攻略できるに越したことはない。
俺は切った。細かく、絶対にミスをしないように。
一撃もらえばあの力だ、意識を失って終わるだろう。
だからこそ、一瞬たりとも気を抜かない。

何もない俺にできることは、諦めないこと。
そして命を懸けることぐらいしかないのだから。
「ギィ……」
ホブゴブリンは肩で息をしていた。
血を流しすぎたのか、体中に薄い傷を作り緑色の肌に紫の血が垂れ流されている。
「はぁはぁはぁ……」
しかしそれは俺も同じこと。
安全を確保するために、全力でよけ続けた俺は体力を激しく消耗していた。
次の一撃で決まる。
俺はそう思ったし、ホブゴブリンもそう思ったのかもしれない。
俺は重たい剣を強く握る。ホブゴブリンもこん棒を強く握る。
2人同時に駆け出した。
ホブゴブリンは、先ほどと同じ上段からの振り下ろし。
何度も見た。だから俺は同じように横に避ける。
その瞬間。
「ウグッ!?」
俺はホブゴブリンの横なぎを腹に食らってしまった。
俺は甘かった。油断していたわけではない。

それでも命の駆け引きというものを甘くみていた。

何度も繰り返した攻防に、今回も上からの振り下ろしだと。

所詮は魔物、考える頭などないと。

ホブゴブリンは、上段をフェイントにすれば、俺が横によけることを読んでいたのだろう。

あちらのほうが確かに命を懸けるということを理解していた。

戦いというものを理解していた。

勢いそのままに俺は横に転げまわる。

「はぁ、はぁ……いたい……」

俺は口から血を流し、ホブゴブリンを睨《にら》む。

ニタニタと笑っている醜悪な顔は、既に勝利を確信しているのだろう。

意識が遠のきそうな中、俺は思った。

死にたくない。

とたんに、恐怖が身体を支配した。

死というものを、リアルに感じた瞬間、身体と心が乖離《かいり》したような感覚に襲われる。

力が入らなかった。

怖い。

ここで、もし何もしなければ、ただ突っ立っていれば確実な死が数秒後に訪れる。

すぐそこに死がある。

短いながらも18年という人生が簡単に終わるということに、震えるような恐怖が俺を襲い身体をこわばらせる。

「く、くるな!!」

ニタニタとホブゴブリンがこん棒を引きずりながら歩いてくる。

俺は恐怖からか、初めて一歩後ろに下がってしまった。

死ぬ覚悟はできていたはずなのに、俺は本当の意味では覚悟ができていなかった。

戦いというものを、命を懸けた殺し合いというものを理解できていなかった。

怖いと思うとそれは一瞬だった、死を意識して身体が硬直する。

「ギィィ!!」

ホブゴブリンがこん棒を振り上げ走ってくる。

「いやだぁいやだぁ、くるなぁ!!!」

俺は戦いの最中に目を閉じてしまった。

眼をそむけてしまった。

(凪……ごめん……)

最後に思い浮かべるのは妹への言葉。

そして。

*

『凪、兄ちゃんが絶対助けるからな。絶対だからな』

＊

自分が最後に凪に伝えた言葉。
直後、俺は目を見開く。
「あぁぁ!!」
腹の底から叫びをあげる。
自分のバカさ加減に怒るように、大きな声で震える身体を無理やり動かす。
死ぬことは確かに覚悟した。
それでも死んでいいなんて、バカか俺は。
頑張るって決めただろう、凪も頑張っているのに自由に動ける俺が簡単に諦めるな！
俺は顔を上げる。
ゴブリンが片手で振り下ろしたこん棒を左腕で受け止める。
ぐしゃっという音と共に、俺の左腕はへし折れたが、そのままこん棒を後ろにそらす。
泣き叫びそうになる痛みが全身を震えさせる。
それでも俺は歯を食いしばって重たい剣を両手で摑《つか》んだ。
骨が折れて、力を入れると血が噴き出す。
それでも強く握りしめた。
「わぁぁぁぁ！！！」

折れた左手と右手で剣を強く握る。

肉薄しているホブゴブリンの腹へと俺は無我夢中で剣を突き刺す。

ホブゴブリンは反撃されるとは思っていなかったのか、反応が遅れる。

自分の腕で何とか剣を止めようと、俺の剣を摑んだ。

「ギャァァ！！！」

「らぁぁぁ！！！」

そこからは力比べ。

俺が突き刺すか、ゴブリンが止めるか、そして俺が死ぬか。

腹の底から声を出せ。

ここでありったけを出し切れ。

「あぁぁぁぁ！！！！」

「ギャァァ！！！」

俺はずっと叫んでいた。

ずっとずっと叫んで、左手が血を噴出して、骨が見えだしても力を緩めることはなかった。

死んでたまるか。

こんなところで死んでたまるか。

まだ何もしてない、まだ何もできてない。

凪《なぎ》を救えていない！

「あぁぁぁ！！」

俺は無我夢中で押し込み続けた。

どれだけたったかもわからずに俺はずっと叫び続けていた。

いつしか部屋の中にこだまするのが俺の声だけだと気づいたのは、握力が心とは裏腹に限界を迎え血で剣が滑ったあとだった。

俺はそのまま勢いよくゴブリンに倒れこむようにこけてしまう。

すぐに顔を上げて剣を握ろうとした。

だが、その過程でゴブリンが一切動かなくなったのに気づいた。

「はぁはぁ……倒せ……た？」

俺はホブゴブリンの様子を見る。

俺の剣が腹に刺さって、ホブゴブリンは舌をだらしなく出して死んでいた。

「勝った？」

俺は勝利した。

勝利というにはあまりに、辛勝。

しかしそれでも俺は初めて勝利した。

人生で初めて、勝てるか分からないような相手に勝利した。

そのまま後ろに倒れて天井を見上げる。

左腕の激痛に今更気づき、勝利の余韻を味わう間もなくもだえ苦しんでいると、あの声が聞こえた。

『挑戦者：天地《あまち》灰《かい》。力の試練クリア。転送します』

「あれ？　ここは？　ぐっ!?　い、痛い……」

突如あの無機質な声が聞こえたと思ったら俺は元の部屋で倒れていた。

転移させられたのだろう、一瞬の浮遊感のあと気が付くとここにいた。

隣には剣も転移させられていた。

それよりも左腕がめちゃめちゃ痛い、涙が出る。

「君！　大丈夫か!!」

倒れている俺のもとへ田中《たなか》さんともう一人女性が走ってくる。

「ひどいケガだ。みどり、頼む」

「ええ。少し痛むわよ、ふん！」

「あぁぁ！！！」

そのみどりと呼ばれた気の強そうな黒髪短髪の美人お姉さんは、俺の折れた左手をもって無理やり引っ張り正しい形にくっつけた。

その激痛に俺は涙と共に叫び声をあげる。

「我慢！　男でしょ！」

「うっっ。はい、ありがとうございます……」

そしてみどりさんが、両手を俺の左手に当てた。

突如優しい緑色の光が包む。

これは治癒の魔法。まれに魔力を使ってケガを回復させることができる人がいるが、おそらくそれなのだろう。

しかし骨をこの速度でくっつけるなんて……相当上位の治癒魔術師なのだろうか。

「よし、くっついた。生きて帰れたらちゃんと病院に行きなさい。無理やりだから形が悪い。あと他の傷も治したから」

「すごい……あ、ありがとうございます！」

俺は左手をグーパーする。

まだ痛みはあるが、それでも十分動く。

これが魔力での治癒……まさしくファンタジーの力。

「ふふ、今日はサービスだけど外の世界だったら、これで100万はもらってるわよ」

みどりさんがふふっと笑ってウィンクをする。

治癒の魔法はとても貴重で、その分高価だ。

だから冗談ではなく、実際これだけの治療でもそれぐらいかかるだろう。

「そ、それは本当にありがとうございます」

俺は起き上がって精一杯感謝を伝える。

するとと田中さんが俺の前にかがんで握手を求めてくる。

「良く生き残った。私は知っているとは思うが田中一誠《いっせい》。こっちは我がギルドの治癒の魔術師で天道《てんどう》みどりだ」

「あ、俺は天地灰です。アンランク……ですけど……なんとか生き残りました」

俺はその手を握る。

よく見れば田中さんもケガをしたのだろう、服が血だらけだった。

「そうか。アンランク……灰君、よく頑張ったな。……帰ってきたのは君でまだ5人目だ」

「え？」

俺は周りを見渡す。

するとまだ俺と田中さん達を含めて5人の攻略者しかその部屋にはいなかった。

「灰君。君は何と戦った？」

「俺はホブゴブリンです。弱いですが……俺にとっては強敵で」

少しだけ恥ずかしそうに俺は言う。

ホブゴブリンなど田中さんなら片手で殺せるだろう相手に、苦戦したことが少し恥ずかしい。

「ホブゴブリン……いや、恥じることはない。君がソロ討伐するには、本当にギリギリの相手だ、良く倒した。ではやはり……」

田中さんはみどりさんを見つめる。

するとみどりさんも頷《うなず》いた。

「灰君。私はオーガの上位種ハイオーガだった。A級下位に該当する魔物だ。はっきり言うと一歩間違えれば死んでいた。ギリギリの戦いでなんとか勝利を掴むことができたんだ。ここにいるみどりもそうだ。本当にギリギリの戦いだった。それは君もだろう」

「え？　それじゃあ」

「あぁ、おそらくだが全員勝てるかどうかギリギリの相手が用意されている。こんなことありえないと思ったが、明らかにこのダンジョンは今までのダンジョンとは異質すぎる。そして……あのまるで機械のような声と神の騎士選定式、力の試練という言葉の意味。ふっ、私は無神論者なのだがね、神を信じてしまいそうだ。と言っても相当に意地悪な神だがね」

そう言うと田中さんは少し暗い表情をする。

田中さんの言葉を鵜呑《うの》みにはできないが、それでも俺の心も神というものを肯定している。

全知全能の神ではなくても、少なくとも人知を超えた力を持つ存在を。

「む？　すまない、灰君。ではまたあとで」

すると田中さんとみどりさんは、次に現れた攻略者のもとへと向かった。

俺はしばらく目の前の扉を見つめる。

三角形のピラミッドに目玉の文様。

これが神の試練だというのなら、一体いつまで続くんだと。

俺がしばらく、呆然と扉を見つめているとあの無機質な音声が流れる。

『力の試練の挑戦者、すべてが終了しました。クリアされたのは60名中15名です。次の試練まであと1000秒、999、998……』

「え？」

俺はその音声が言ったことが信じられなかった。

死んだ？　軍人を合わせれば60名の中45名が死んだっていうのか？

俺は周りを見渡した。あれだけ多かった攻略者が、目で見て数えることができるほどしかいなかった。

それに全員傷だらけだ。

「全員ここへ集まってくれ!!」

そのアナウンスの直後田中さんが中央に集まるように指示を出す。

俺はその指示に従って中央へと向かった。

「今みんなに聞こえているとおり、次の試練が始まろうとしている。また別々に飛ばされるのかは全く分からないし、何が起きるかも分からないから対策のしようがないが――」

「ふ、ふざけんなよ!!　あんた責任者だろ！」

すると聞き慣れた声が聞こえた。

俺がその方向を向くと、そこには佐藤《さとう》がいた。

佐藤も服がボロボロであることから、死闘を制して勝ち残ったのだろう。

悪運か、実力かはわからないが、それでも戦闘センスはあったようだ。

「そ、そうだ！　こんなのありえねぇぞ！　安全だって聞いてたのに！」

「俺達《たち》を帰せよ！」

「責任とれ!!　何人死んだと思ってやがる!!」

次々と罵声が飛び交っていく。

全員同じ気持ちなのだろう。

死を覚悟して望んだ俺でもつい文句を言ってしまいそうなほど理不尽な目に合った。だがそれを田中さんに言うのはお門違いというやつだ。

だんだんその暴言に俺はむかついてきてしまった。

あたりが騒がしくなっていく。しかし。

「静かにぃ！！！」

田中さんの大きな声で一斉に静かになった。

「文句は生き残ったら好きなだけ言うと良い。できる限りの補償も政府と協会に私が掛け合おう。ただし、生き残ったらだ。今私達がすべきことは仲間割れではない。生き残るために最善を尽くす。わかったら、私の話を黙って聞きなさい！」

温厚そうな田中さんのその迫力に佐藤含め全員が押し黙る。

「よし。幸いあと10分ほどはある。次がどんな試練になるか分からないが、水分補給と食事を急いで行ってくれ。ここにあるものは自由にしてもらって構わない。大量に血を流したものもいるだろう。さぁ！　早く！　時間がないぞ!!　重症者から順にこちらへ！　できる限りの治療を行う！」

俺達は田中さんの言葉通りに食料にありついた。

血を流しすぎたため、水分を大量にとる必要があった。

俺も貧血なのか、水分不足なのかわからないがくらくらしていたためとても助かる。

『少しいいか、ミスター田中』

『あぁ、アルフレッド中佐』

俺は水を飲みながら田中さんと米軍人が会話しているのを見た。

俺には英語はなんとなしにしかわからないが、田中さんは英語もペラペラに話せるようだ。

名前を呼んだように聞こえたが、あの強そうな軍人はアルフレッドというのだろうか。

深く帽子をかぶっており、その目はとても鋭い。

俺では100人いても相手にならなさそうな、とても強そうな体格をしている。

『日本人の指揮権を預けてほしい。私はS級だ、わかるだろ？　私の部下は9人中5人が死んだ。全員がA級なのにだ。今後さらに厳しい展開が予想される。聡明《そうめい》な君ならわかるだろう、その時捨て駒となる者が必要だということが』

『……日本人は私が指揮します。それは両国の同意のもとの決定のはずです。それに私は捨て駒など使わない』

『……ふん、そういえば君は軍人ではなく、民間だったな。理想を語るのは結構だが現実を見ることだ。ギリギリになれば私は躊躇《ちゆうちよ》せん。最悪武力行使も行う。覚悟はしておけ』

『……そうならないことを祈るばかりです』

アルフレッド中佐と呼ばれた男は、軍人達のもとに帰っていく。

10人いた軍人は、今や半分の5人となっていた。

全員が満身創痍《まんしんそうい》。

命を懸けた試練を超えてきて疲弊する。

それはたったの10分で癒《い》えるほどの疲弊ではない。しかし何もせずともカウントダウンが進んでいく。

怖くて震えるもの、友を失って涙する者、ただ怒りを露《あら》わにするもの。

全員がそのカウントダウンに意識を集中していた。

『時間になりました。知の試練を開始します。参加人数15名……開始まで10、9、8、7……』

『USA! USA!』

『ウーラー! ウーラー!』

米軍が士気を高めようと円陣を組んで大きな声を上げる。

『6、5……』

「知の試練……一体なにをするの……」

みどりさんは思案するようにつぶやいた。

『4、3……』

「くそ、くそ!!　俺は生き残ってやる。絶対に死なねぇ！　俺は負け犬じゃねぇ！」

佐藤は、自分を鼓舞するように大きな声を上げる。

『2、1……』

「ふぅ……よし。覚悟はできた。もう俺は戦える。最後まで諦めるな」

俺は先ほどの失敗を繰り返さないように、口に出して自分に言い聞かせる。

『0』

「みんな、健闘を祈る！」

『時間となりました。転送いたします』

そして俺達の視界は再度暗転した。

「ここは……部屋は同じ？　いや、天井がない？　それにみんないる？」

転送された俺達は今度は別々の部屋ではなく同じ部屋に集められていた。

15名全員同じ部屋で、また50メートルほどの四角い部屋だった。

先ほどと違うのは、天井が一切なく真っ暗な闇が空に広がっていること。

そして、もう一つ。

田中《たなか》さんがその足元の床に描かれていた絵を見てつぶやいた。

「これは、手か？　それに向こうは目、足……身体……いや、あれは……胴か？」

正方形の部屋の床はさらに四つの正方形のエリアに分かれていた。

そのエリアそれぞれに目、足、手、胴の絵が描かれている。

今俺達全員がいるのが、手の絵が描かれたエリア。

すぐ左横が足、左奥が胴、そして右奥が目だった。

「一体……何を……ん？」

田中さんが思案するようにつぶやいたと同時に、何かに気づき突如上を向く。

つられるように俺達全員が同じ方向を見た。

「なんだあれ？」

俺はその光り輝く何かを見つめた。

ゆっくり徐々に降りてくるなにか。

金色の輝きを放ち、真っ白な翼、そして手には一振りの剣を持っている。

その顔はまるでマネキンのように、作り物の顔だった。

「天使？」

俺がその降りてくるものを見て最初に思ったのは、天使みたいだということだった。

ただ天使というには少し気持ち悪い見た目をしている。

それでも金色に輝き、神々しい白い両翼は物語の中の天使のそれだった。

「全員警戒！」

『全員迎撃態勢！』

田中さんとアルフレッド中佐がほぼ同時にその天使を見て叫ぶ。

その言葉と同時に全員それぞれの武器を構える。

その時だった。

ガシャーン。

「え？」

俺は剣を落とした。

俺だけではなく、全員が剣を、盾を、斧《おの》を、手に持っていたものをその場に落とした。

まるで突如手が動かなくなったように。

「腕が……」

俺は腕の感覚を失っていた。

痛みはない、腕もついている。しかし脳と腕が完全に切り離されたかのように一切動く気配がない。

「な、なんだぁぁ！　どうなってやがる！」

佐藤が慌てふためいている。

『中佐!!　これは一体！』

『狼狽《うろた》えるな、陣形を守れ！』

それは全員同じことだった。何とかしようともがいているが、その手が持ち上がることはない。

全員が重力に逆らえずにだらしなく腕を下に向ける。

そして一人の攻略者の前に、その天使は降り立った。

その攻略者は身体が大きく、歴戦の戦士のような見た目。

しかし、今はその太い腕も全く意味がなく、むしろお荷物でしかない。

「あ、あぁ……」

その天使は、攻略者よりも小さかった。

それなのに、その天使から放たれているプレッシャーはまるで勝てる気がしなかった。

俺達は動けなかった。

天使がゆっくりと剣を持ち上げ、攻略者の肩へと置いた。

直後天使のマネキンのような顔が首をかしげる。

「や、やめろ……やめろぉぉぉ!!」

震える攻略者。しかし天使がさらに首をかしげたと同時に、
ザシュッ
その攻略者の首がはねられた。

その首が俺の前まで飛んできて転がる。

歯を食いしばるように血の涙を流す目と俺は目が合ってしまった。

「わぁぁ！！」

俺の叫びと共に赤い血が、あたりに飛び散った。

その瞬間、まるで金縛りにあっていたような攻略者達が次々に叫び出す。

「全員にげろぉぉ!!」

『退避！　距離を取れ!!』

田中さんの大声に合わせて全員がそいつから離れだす。

まるで蜘蛛《くも》の子を散らすように、その天使から逃げる攻略者。

俺も全力で逃げた。

何が起きているか分からない、しかしあの天使には勝てる気がしなかった。

最初から立ち向かうという選択肢が頭に浮かばないほどに、勝てる気がしない。

それは全員がそうなのだろう、ほぼ化け物であるA級の田中さんですら逃げの一手しか選ばなかった。

それはこの場で一番強そうな米軍のアルフレッド中佐も同じこと。

俺は天使がいる方向とは逆に逃げる。

つまり左、足のマークが書かれたエリアへと。

そして次の瞬間、俺は盛大に転んだ。

「ぐっ！」

何かにつまずいた？　しかしそこには何もない。

いや、違う、なぜならあたりを見回せば全員が同じように転んでいたから。

「あ、足が!!」

俺は異変に気付いた。

両足が動かなくなっていた。

逆に腕はいつも通り動くようになっている。

そのため、盛大に転んでしまったのだろう。

「……一体なにが……足？」

俺は倒れた床を見る。

そこには足を表す壁画のようなものが描かれている。

ただの勘だった。それでもこの状況から推測するに、

「この絵柄の場所にいると、同じ部位が動かない!?」

そのルールに気づいた俺が倒れたまま背後を見ると、ゆっくりと天使が、足が動かずバタバタしている一番後ろにいた攻略者の前に立つ。

そしてまた肩に剣を置いて首をかしげ、当たり前のように首を飛ばした。

すると、一人の攻略者が手のエリアに戻って立ち上がる。

震える声で天使に向かって叫びをあげた。

「く、くそがぁぁ!!　よくも弟を殺しやがってぇぇ!!　お、俺は!!　俺はA級だぞぉぉ!!

ふざけるなぁぁ!!」

その攻略者は腕が上がらないまま武器も持たずに天使に戦いを挑もうとしていた。

石でできた固そうな床がめり込むほどの踏ん張りの後、目にも止まらぬスピードで天使へ突っ込む。

さすがはA級、もはや化け物であり国家戦力と呼ばれる存在だけはある。

全力の膝蹴りが、まるでミサイルのように飛んでいく。

その膝が天使に当たると思った。しかし何もなかったかのように交差した。

いや、ほんの一瞬だがその天使がありえない速度で動いたような気がした。

だが今の俺のレベルでは何が起きたのかはよくわからない。

「え?」

しかし、俺が見つめていると攻略者は勢いそのままに壁に激突してしまった。

そして壁に当たりぐしゃっという音と共に攻略者はそのまま倒れた。

その攻略者には頭がなかった。

「嘘《うそ》だろ……切ったのか?」

高く舞い上がった首が赤い血をあたりにまき散らしながら落ちてきた。

A級という人類の最強レベルの存在は抵抗もできずに、見えない速度で首を切られて殺されていた。

それを見た田中さんが信じられないといった表情で口を開く。

「理不尽すぎる……何だこの試練は」

田中さんとみどりさんも這《は》いつくばりながら顔を青くしていた。

ただでさえ勝てる気がしない天使、そこに身体の一部が動かないというハンデを背負って勝利しなければいけない。

腕も足も動かなければいかに上級攻略者といえど戦えないだろう。

「こんなもの、S級のアルフレッド中佐ですら……灰君《かいくん》!?」

俺は全力でほふく前進のようにして一番先頭にいた田中さんとみどりさんの方へと進む。

「田中さん、みどりさん！　多分ですがこの絵柄のエリアにいるとその部位が動きません！」

「なに!?……そうか、そういうことか。ここは足の絵が描かれていたな。この状況でよく気づいた」

「だから俺があの胴のエリアに入ります。もし心臓が動かないなんてことがあったらほぼ死ですが今は試してみるしかありません！」

「灰君!?　そ、それは危険すぎるわ！」

「でもこのままだとみんな死ぬだけです。俺は……俺は絶対に諦めません!!　田中さん！　何かあったら俺を引っ張ってこっちへ戻してくれませんか！」

「……わかった！　任せろ」

田中さんは一瞬思案するが、すぐに頷《うなず》き了解してくれる。

こういう時判断が速いのはさすがだった。真っすぐに俺の目を見る田中さんの目は真剣そのものだった。

『ヘイ！　なにをするつもりだ!?』

その行動にアルフレッド中佐も慌てながら俺に問う。

でも答える余裕もなければ、英語も分からない。

俺と田中さん、みどりさんはそのまま腕の力だけで胴の絵が描かれている目の前まで進む。

後ろでは悲鳴と共に天使がゆっくりとまた同じように攻略者の首を飛ばし、次の標的へと歩いていく。

「……じゃあ行きます!!」

「任せろ！　異変があればすぐに引っ張る！」

そして俺はその胴の領域へと転がるように飛び込んだ。

「がっ!?」

直後俺は胸を押さえる。

「灰君!?」

驚いた顔をしている俺を腕の力だけで引っ張ろうとする田中《たなか》さんを手で制する。

そしてすぐに一旦足のエリアへと転がるようにして俺は戻った。

「はぁはぁ。田中さん、わかりました！　胴は息ができなくなります！」

俺はそのエリアに入るやいなや、酸素を取り込めなくなることがわかった。

肺の機能がとまったのか、空気を吸うという行為が禁止されたのかはわからないが。

「そ、そうか。なるほど……胴は肺、つまり呼吸か。では、後は……」

「はい！」

俺と田中さんとみどりさんは勢いよく胴のエリアへと転がり込んで立ち上がる。

目指すは最後の1つ、目のエリア。

呼吸はできないが、仮にも魔力を持った覚醒者、数秒息を止めても数十メートルは走れる。

俺達《たち》3人は、目のエリアへと足を踏み入れた。

俺の勘が正しければこのエリアは——

「やっぱり！　田中さん、これは！」

「あぁ、目が見えないな。視界を奪われたようだ。だがそれ以外は問題ない、手足は動くし呼吸もできる」

「ここで息を整えて、胴のエリアで息を止めながら周りを見ればしばらく持ちそうね、後は……」

そして俺達は呼吸を整え、胴のエリアへ。

目を開くと、まだ足のエリアに5名ほどおり、そこら一帯は血まみれだった。

「くそ……」

すでに15名いた攻略者は残り8名になっている。

俺と田中さん、みどりさん、そして佐藤《さとう》と、アルフレッド中佐、そして軍人3人。

そしてまた一人、感情のないそのマネキン顔の天使に剣を肩に置かれた。

『やめてくれ、なんで……くそっ！　くそぉぉぉ!!』

そして軍人の一人が必死に抵抗し、天使の腕をつかむ。

A級の万力のような力で締め上げるが、まるで何もなかったかのように、その天使は首を刎《は》ねた。

これであと7人。

天使が次の標的を決めた。その標的はアルフレッド中佐だった。

『くそ、くそ!!　なんだこの化け物は!!　私は祖国に帰って報告せねばならんのに!!』

足が動かずバタバタしているアルフレッド。

そのアルフレッドが、目の前にいた少年を見つける。

それはただ泣き叫んでいる佐藤だった。

『Ｓｏｒｒｙ、ボーイ』

アルフレッドは、佐藤を片手でつかみ天使へと投げつける。

「う、うわぁぁ!!」

そのまま佐藤は天使にぶつかる。だが天使は一切微動だにせずに眼《め》すらない顔で佐藤の方を見る。

佐藤は恐怖から動けないのか、身体が動かないことに混乱しているのかはわからないが
ただ手をじたばたとしているだけだった。

俺はそれを見て一瞬だけ黒い感情が湧いてきてしまった。

俺を、凪《なぎ》を、ただ弱者は野垂れ死ねと言った佐藤に、黒い感情が湧いてくる。

でも。

「……くそ！」

俺は自分の頬を強く叩《たた》く。

それは間違っているのかもしれない、でも動いてしまったのだから仕方ない。

「灰君!?」

俺は佐藤に向かって走り出した。

息はできない、それでも走るぐらいなら可能だし、空気がないわけじゃないので声だって出せる。

「佐藤！　こっちだ！　這ってでもこっちにこい！」

俺は必死な声で佐藤を呼ぶ。

そして足のエリアに踏み込んで、倒れながら呼吸を整える。

「え？」

泣きながら俺の声に反応する佐藤。

他の攻略者達も反応し、必死の形相でこちらへとほふく前進で向かってくる。

「こっちだ、佐藤！　そこじゃ、足が動かない！　こっちは呼吸ができなくなるが自由に動ける！　早く来い!!」

「あ……あぁ！」

佐藤が救いを見つけたようにこっちへと必死に向かってくる。

後ろから天使がゆっくり歩いて追ってくるが、ギリギリ佐藤のほうが早そうだ。

俺は胴のエリアで呼吸を止めて立ち上がり、佐藤を引っ張り上げた。

「はぁ……すまねぇ……!?」

佐藤が一息ついて落ち着こうとする。

しかし、直後首を押さえて苦しそうにする。

息ができない事を伝えたつもりだったが、焦りから理解できていなかったようだ。

突如呼吸ができなくなったことに、焦っているのか首を掻《か》きむしっている。

「落ち着け!!」

暴れまわる佐藤。でもアンランクの俺ではC級の佐藤を止めることができない。

必死に落ち着かせようとするが、佐藤は暴れまわり俺は殴られて尻餅をついた。

その瞬間だった。

「え？」

俺の肩に剣が置かれる。頬に触れる冷たい感覚。

俺は顔を上げる。

そこには天使がいた。感情がない、そもそも表情などない顔を俺に向けている。
「あ、あぁ……」
俺の脳裏に浮かぶのは死の一文字。
俺も同じように首を切られて死ぬのか？
とたんに身体から血の気が引く。
その天使は、俺を見つめて首をかしげた。
またこの仕草だ。
なんだ？　なんで首をかしげるんだ？　どうすればいいんだ？
なぜ何かを待っているように俺を見つめる？
その時俺は思い出す。
『知の試練――』
そして、最初の部屋に描かれていたあの絵を。
（まさか……そういうことなのか!?）
俺は片膝をつき、手を握って拳を心臓に当てる。
そして静かに目を閉じて下を向く。
あの壁画でやっていたように、騎士が主君へと忠誠を誓うポーズをする。
天使と騎士、そこにあるのは偽りの忠誠。
それでも仕草だけは、間違いなく今俺はこの天使に忠誠を誓っている。

心臓の音が聞こえてくる。今にも口から何かが飛び出しそうだ。

根拠はない、でも確かにあの巨大な壁画は天使に忠誠を捧《ささ》げるポーズだった。

すると俺の肩におかれているはずの剣の感覚がなくなった。

俺はゆっくりと顔を上げる。すると天使は佐藤のほうに歩いていっていた。

つまり、俺は助かった。

「佐藤……あの……壁画の……ポーズだ！」

俺は息が続かない中絞り出すように佐藤に指示する。

焦っている佐藤は、それでも俺の言葉と、俺が取っているポーズの意味を理解したのか同じように手を組んで膝をつく。

すると天使の無表情だったマネキン顔が一変し、薄気味悪い笑顔を俺達に向けていた。

（よかった……これが正解なんだ）

俺は安堵《あんど》する。しかし。

（違う！　息が！）

俺と佐藤は同じように忠誠を捧げるポーズをとっている。

しかし、息が続かない。

天使はただニタニタと笑顔を俺達に向けているだけだった。

時間だけが流れ、俺達は死に向かっていく。

一分ほどだろうか、俺の顔が青くなり、隣の佐藤の足も震えていた。

（もう……限界だ……一《いち》か八《ばち》か全力で走って……）
俺がついに限界だと、一か八かを狙うしかないと感じた時だった。
「⁉」
突如俺は突き飛ばされる。
それは佐藤だった。
佐藤が俺を横に突き飛ばし、いつもの意地悪そうな笑顔を向けていた。
そして、いつものように俺に言った。
「俺は、生き残る！　生き残るんだ！　こんなゴミとは違うんだ‼」
その一言は佐藤の心からの声だったのだろう。
俺は目を丸くしながら体勢を崩し、佐藤は再度同じポーズをとる。
天使が俺を見て、表情が一変した。
まるで怒っているかのような表情に変わる。
佐藤は俺をおとりにしようとしているんだ。
天使がゆっくりと俺に近づこうとする。
俺は裏切られた。助けようとした俺は佐藤に殺される。
もはや息が続かないし、逃げることはできないだろう。
後ろは足のエリア、呼吸できても足が動かないそこでは忠誠を誓えない。
俺が悪かったんだろうか。

誰かを助けようなんて俺には分不相応な行動だったんだろうか。

自己犠牲など本当は何の意味もないのだろうか。

俺はここで死ぬんだろうか。


「灰君《かい》！　後ろに飛びのけ!!」

その時だった。

その声の通りに俺は精一杯後ろにとんだ。

直後俺と天使の間に巨大な火炎の壁が現れる。

俺はその出所を見た。

「灰君！　遠回りだが、逆側からこちらへ!!」

それは田中《たなか》さんだった。

田中さんから放たれたのは、炎の魔法。

俺と天使を阻むように巨大な火の壁ができる。

魔力を魔法に変換する力を持つ魔術師、その中でも炎の系統を持つ魔術師のスキルの1つ。

この灼熱《しやくねつ》の壁は田中さんの魔力で作り出されたものなのだろう。

激しい炎の壁は、俺と天使の間を隔て、視界を遮断する。

俺を視界から失った天使は、炎の壁ごしに俺に背を向けた。

佐藤《さとう》は天使が完全に俺を標的にしたら逃げようとしていたのか、睨《にら》まれてあたふたと尻餅をつく。

そして肩に剣を置かれ、再度忠誠のポーズを取り直していた。

俺は、足のエリアへと転がり込んで呼吸を整える。

全力でほふく前進し、次は腕のエリアへと向かう。

その間も佐藤の肩には剣がおかれていて、彼は動けなかった。

俺はついに腕のエリアにいき、足が自由になったので全力で目のエリアまで走っていく。

視界が消えるが真っすぐ走るだけなので、目と胴の領域の境目、田中さん達《たち》がいる場所へと俺は暗闇の中向かう。

「はぁはぁ、田中さん助かりました。ありがとうございます」

「よかった。灰君……」

『……戦場で英雄願望など……バカのすることだ』

そこにはアルフレッド中佐と軍人2人も残っていた。

アルフレッド中佐は俺を見て、呆《あき》れている。

それはきっと人を助けようとして死にかけた俺に言った言葉なのだろうか、ニュアンスだけはわかった。

「……すまない。せめてこの目に焼き付けよう」

田中さんは佐藤に向けて謝るような言葉をこぼす。

「すみません、俺のせいで」

「いや、私が彼を君の変わりに殺すと判断した。君の方が私にとって有益で、攻略に必要だと。それに助けに行った君を突き飛ばしたことに少し腹が立ったのもある」

「いえ、田中さんは悪くありません。俺が身勝手に行動しただけです」

「そうか……だが灰君、もういくな。次は助けられん」

また駆け出しそうな俺を田中さんがしっかりとつかみ逃がさないという。

だから俺は目を閉じて、諦める。

これ以上は田中さん達も危険に巻き込んでしまうかもしれない。

俺と田中さんは佐藤を見つめた。

息ができず、そして動こうものなら首を叩き切られる。

その天使はまるで悪魔のように笑い、剣を肩においてただ佐藤を見つめていた。

佐藤は震えていた。

涙を流しているのだろう、横から見るとあんなに強そうだった佐藤はただひ弱な学生にしか見えなかった。

いつもいつも俺を殴っては笑って楽しんでいた、俺にとっては最強の存在。

だが、今はあまりにも。

「た、たすけ……ゴ……あ…ま…ち……」

枯れそうな声で佐藤は俺の名を絞り出す。

何年振りかに聞いた、佐藤が俺の正しい名前を呼ぶ声。

もう息が続かないのだろうことはわかった。

佐藤は嫌な奴《やつ》だが、高校からの付き合いではあった。

俺にゴミというあだ名を与えサンドバッグにし続けた男で、いつか殴ってやりたいとは思っていた。

それでもこの最期《さいご》は、少し可哀《かわい》そうだった。

佐藤はついに我慢の限界がきたのか、勢いよく立ち上がりこちらに手を伸ばし助けを求めた。

「た、たすけて。天地《あまち》――」

ザシュッ。

その瞬間、佐藤は首をはねられて絶命した。

その転がった首が、ぐしゃっという音と共に地面に落ちる。

俺は少しだけ目を閉じる。

あいつにはひどい思いしかさせられなかったので心はそれほど痛まなかった。

それでも知り合いの死というものは、少しだけ心をえぐった。

「……田中さん。わかったことがあります。この試練、この目の領域でさっきみたいに忠誠を捧げるポーズをとるのだけが正解です」

「あぁ、私も今のでわかったよ。この目の領域でしかあのポーズはできない。胴のエリアではできるが息が持たない。もしかしたら息が続かず動き出すまで目の前で待たれるのかもしれないな。なんて悪趣味な」

田中さんも気づいていたようで、目のエリアに移動してみんなに共有する。

「全員、目のエリアへ！　先ほどの祈るようなポーズをとる！　肩に剣を置かれるだろうが、絶対に動くな！　耐えるんだ！」

田中さんはアルフレッド中佐にも共有する。

『アルフレッド中佐もご理解されてますね？』

『あぁ、その少年のおかげだな。青臭い英雄願望……だがまれに自己犠牲の精神には神の寵愛《ちょうあい》が起きる。運の良いことだ』

そして俺達は全員目のエリアに入り、忠誠のポーズをとる。

コツンコツンと音がする。

天使がゆっくりと俺達のもとへと歩いてきているのだろう。

俺は肩に剣を置かれて、冷や汗が流れる。

大丈夫だと分かっていても、恐怖で思わず逃げ出してしまいそうだった。

剣は右肩、そしてしばらくして左肩にも置かれる。

そして満足したのか天使の足音は隣へと向かう。

聞き耳を立てていると全員にやり終えたのか、天使の羽ばたく音が聞こえる。

俺は目を開けると視界はもどっていた。

天使は羽ばたき、天井に広がる暗い闇へと消えていった。

直後聞こえたのは、あの無機質な声。

『挑戦者：天地灰。知の試練クリア。転送します』

その声と同時に俺達は、最初の部屋へと転送された。

俺は安堵と共に、床に大の字で倒れ、目を閉じる。

「生き残った……」

『知の試練は終了しました。クリアされたのは15名中6名です。次の試練まであと100
0秒、999、998……』

「まだあるのか……」

俺の嫌な予感は的中する。

一体いつまで続くのか。力、知、となれば次は何の試練だろうか。

そして俺は絵を見る。きっと一番左が力の試練、そして真ん中が今の知の試練。

一番知りたい情報の、次の試練だけは壁画が欠けていてよく分からない。

「灰君、ありがとう。君のおかげで生き残れた」

絵を見ながら考え込んでいた俺に田中さんとみどりさんが歩いてくる。

「い、いえ！　運がよかっただけです」

「ううん。灰君がいなかったら全員死んでたわ。落ち着いて考えればわかったかもだけど、
正直焦って頭が良く回らなかった。トップギルドなのに恥ずかしい。ほら、来て。ケガし

てるでしょ、治してあげる」

みどりさんが転んだ俺のケガに手を当てて回復してくれた。

優しい光が身体を包み温かい。

『たすかったぜ、ラッキーボーイ！』

『バカだけど、俺は好きだぜ。熱血ボーイ！』

すると2人の軍人も俺の頭をわしゃわしゃとなでる。

その笑顔は生き残れた安堵《あんど》と、俺に対する感謝も含まれていた。

大きな手で、俺は少し照れくさかった。

『ミスター田中、ここはお互いの情報を共有するべきだと感じるが？　もはや指揮系統云々《うんぬん》の話ではない』

『了解しました』

俺達はそのまま日本人3人、米軍3人で円を作るように座り込む。

次々と自己紹介の時間が始まった。

「私は、知っている者も多いと思うがA級の下位に位置する魔術師。炎の系統を持つ。剣もある程度使えるが戦士系の職業には歯が立たないな」

「私は天道《てんどう》みどり、アヴァロン所属の治癒の魔術師です。ある程度戦闘もいけるけどB級。ちなみに一誠《いっせい》の、田中の妻予定です。式はまだ先ですけど……もうすぐ結婚します」

「あ、そうなんですね！　おめでとうございます！」

『それはめでたいことだ。そんな時期によくこんな無謀なことを、夫婦で……いや、だからこそ夫婦なのかな？　ＨＡＨＡＨＡ』

次々と自己紹介をする６人。

軍人さん達は最初は怖いイメージだったが、田中さんが通訳してくれて俺の印象は変わった。

全員に家族がいて、守りたい子供もいて、国のために戦っている。

嬉《うれ》しそうに家族の写真を見せては、絶対に生き残ると繰り返す。

それは強面《こわもて》のアルフレッド中佐も同じこと。佐藤を身代わりにしようと投げたことに納得はできないが誰だって自分の命が一番だ、許せないが理解はできる。

冷徹で正しく軍人、だがそこには確かに血が通っていた。

そして俺の自己紹介の番がやってきた。

「俺は……天地灰……アンランク……です」

『ＷＨＡＴ!?　アンランク!?　アンランクが生き残ってんのか!?　嘘《うそ》だろ!?』

俺の言葉に軍人さんが驚く。

彼らはＡ級、他にもたくさん強者《つわもの》はいたのに、最弱のはずのアンランクが生き残っていることに驚いたようだった。

俺が複雑な顔をすると、２人は慌てて謝罪する。

『Ｓｏｒｒｙ。悪気はないんだ。でもほら……アンランクはただの人と変わらないからさ』

彼らの言い分ももっともだしそれは俺が一番理解している。

世界中の人間がほぼ覚醒した今、アンランクとは世界の底辺であり、自己防衛すらできない存在。

魔力をほとんど持たない旧人類をそう呼ぶ。

俺はその中で魔力たったの5、ゴミと呼ばれてもおかしくない、誰にも勝てない人間。

だが田中さんはそれを否定した。

「あぁ、彼はアンランクだ。だが、だからこそ頭を使い生き延びた。我々人類が本来持っていたこの最大の武器、考える力でね。私達のように魔力というよくわからない力に頼ってきたものとは違う。私は彼を心から評価しているよ」

「田中さん……」

田中さんが慰めるように俺の肩に手を置いた。

『ちげぇねぇ！　ラッキーボーイ、次も頼むな！　家で新婚の妻《ワイフ》が待ってんだ、絶対生きて帰らなきゃ』

『俺も！　まぁうちの妻はもう俺なんて早く死なねぇかなって思ってるがな、がははは！　でも、娘は……まだ小さくてな。これが可愛《かわい》いんだ』

軍人さん達《たち》が首にかけたペンダントを開いて見せてくる。

そこには家族の写真があった。

小さな女の子はとても可愛くて、これは確かに溺愛してしまうなと、殺伐した雰囲気の中一瞬だけ気が緩む。

アルフレッド中佐は見せてくれなかったが、同じようにペンダントがあるのできっとそうなのだろう。

残った時間で俺達は、身の上話をたくさんした。

こんな状況だからこそ、人種も言葉の壁も飛び越えて心の底から通じることができた気がする。

当たり前だが、全員に家族がいて、家で待つ愛する人がいる。

それは俺もそうだ。

俺にも凪《なぎ》がいる。

今も暗闇の中で震えて俺を待つ最愛の妹がいる。

だから絶対生き残りたい。

「よし、みんな。立ってくれ！」

俺達は田中《たなか》さんの声に従い立ち上がり、そして肩を組む。

まるで円陣のような形をとった。

「最後まで頑張ろう、力を合わせれば私達なら次も乗り越えられる。これが終わったら飲みに行こう！　日本の寿司《すし》はうまいぞ？」

『ＯＫＯＫ！　グッドアイデアだ！』

『日本の飯はうまいからな!!　すきやき！　しゃぶしゃぶ！　スシ！』

『私も日本のビールは好きだ、銀のやつが特に』

「灰君《かい》も飲めるの？　あんまり飲まなさそうね」

「自分未成年なんで……でもせっかくなんでちょっとだけ飲もうかな」

俺達は笑い合いながら肩を組む。

円陣なんて中学生以来だなと少しだけ照れくさくなったが、頑張ろうという気持ちが湧いてくる。

「じゃあ、絶対に生き残ろう！　がんばるぞ!!」

「おぉ！！！」

『ウーラー!!』

『時間となりました。参加人数6名、転送します』

その声と共に俺達の視界は暗転し、転移した。


「ここは……？」

俺達が転移した先、そこは小さな部屋だった。

教室ほどの小さな石畳の部屋、そして目の前には2つの扉。

「3人？　これは3人しか入れないという意味か？」

その2つの扉にはそれぞれ3人という文字が記載されていた。

「そうか、二手に分かれることになるのか……では3人グループを二つに……」

『ならば決まっているな、我々はこちら、そちらはその3名だ』

『ええ、そうなりますね』

グループ分けは一瞬で決まる。

米軍人3人と、こちらは田中さん、俺、みどりさんの3人だ。

俺達3人は向かい合ってそれぞれ握手をした。

『ではな、一誠、みどり、灰。私は日本はそれほど好きではないが、君達のことは嫌いではないよ』

『アルフレッド中佐、それから皆さんも。どうか武運を祈ります』

ギギギッという軋《きし》む音と共に、その扉が開き、俺達は別れることになる。

これがきっと最後の試練なのだろう。なぜなら絵は3枚、この試練が最後のはず。

扉を開けると真っ暗な部屋。まるで闇のような、暗い影。

俺は身もすくむような感覚を覚える。まるで底が見えない真っ暗な穴に飛び込むような。

「何も見えないな……いるか、みどり、灰君」

「ええ、すぐ後ろ」

「俺もです」

「そうか、少し危険だが、火の魔法をつか——!?」

田中さんが火の魔法を使って灯《あか》りを付けようとしたときだった。

突如眩《まばゆ》いばかりの閃光《せんこう》が、俺達の目をつぶさん勢いで部屋を照らす。

「な？　なにが……」

それは金色の光だった。

その光によって、暗かった部屋は照らされる。

と同時にそれは聞こえた。

「「ヴォオオ――――！！」」

空気を震わせ、部屋に響く声。

本能に直接訴えかける強者の雄たけび。

しかもその発生元は1つではない。無数の声。

俺は本能のまま、耳を塞ぎ何が起きたとあたりを見回した。

「ま、魔物!?」

その声は魔物達の声だった。

「なんだこれは……」

「うそ……」

その魔物達は、黄金色の鉄格子の向こう側にいた。

俺達はまるで廊下のような長い部屋にいる。ただし上は見えず天井はない。

たとえるならばモーセが海を割ったような、そんな一本道に俺達はいる。

そしてその両脇には黄金色に輝く鉄格子が天高くまでどこまでも延びている。

その向こう側では見たこともないような魔物達がここから出せと鉄格子を叩《たた》きつける。数はわからない。でも俺では相手にならないような、それこそS級の攻略者がやっと相手になるような、そのレベルの魔物に見えた。

「何体いるんだよ……」

無数の魔物達が、俺達の視界すべてを埋め尽くす。

怒りの咆哮《ほうこう》を叫びながら、その両脇の鉄格子から俺達へと怨念を込めて手を伸ばす。

それはまるで囚人のようだった。

悠久の時、ここに閉じ込めた者への怒りそのままに。

俺達を食い殺そうとしているんだと。

俺は尻餅をついていた。

圧倒された。

その魔物達はたった1体で国が揺れるのではないかと思うほどの覇気を放つ。

「……まさか、帝種!? それにレッド種、龍種までもか……私ですら見たことしかない頂点に位置する魔物達……なんだこれは。一体何なんだ……」

田中さんも唖然《あぜん》として、立ち尽くす。

「ひっ!?」

負けん気の強いはずのみどりさんも、その背後で黄金の鉄格子を強く叩く魔物の音に思わず悲鳴を上げた。

「こんなものが全て外にでたら……日本は終わりだ……」

A級の田中さんをもってして、その魔物達は国を滅ぼしかねない力を持っていると感じているようだ。

この国にはS級と呼ばれる最強の覚醒者が5人いる。そのレベルですら対処が困難だという判断なのだろう。

「アルフレッド中佐のほうも同じようなことになっているのだろうか……」

アルフレッド中佐もS級なので、そのレベルの化け物なのだがそれでも一人ではどうあがいても勝てないだろう。

そんな貴重な戦力であるアルフレッド中佐をこちらに派遣するのは少し疑問だが、米国と日本ではS級の価値が違う。

なぜならあちらは世界最強の軍事国家。

貴重なはずのS級だけでも日本に比べ何倍もいるはずだ。

それでも貴重であることには変わりないと思うが。

「田中さん……こいつらは」

「私にもわからない、だが私達に怒っていることだけは確かだな」

俺は自分の心臓の音が聞こえてくるのを感じる。

ただひたすらに怖いと思った。ホブゴブリンのときとは違う。

諦めないとかの次元ではない。勝てるかどうかとかの話ではない。

こんなものと戦えと言われれば、死ぬしかなかった。

しかしこの黄金の鉄格子は、その凶悪な魔物達の攻撃をもって一切の傷がつかない。

一体どんな素材だというのだろうか。

俺がその鉄格子を見て疑問に思っていると。

「見て、あれ」

冷静さを取り戻したみどりさんが指を差す。

そこには、金色に光る首輪が地面に落ちていた。

同じく黄金色の鎖につながれて何も見えない真っ暗な天井から鎖は延びている。

その金色の首輪は開いており、首に装着できるようになっていた。

「つけろってことなのか？　だが、なぜ1つだけ……」

田中さんがその首輪に触れた瞬間だった。

あの無機質な機械音声があたりに響き渡る。

『生贄《いけにえ》を一人選んで首輪を装着してください。神の結界が解除されるまで、あと1000秒、999……』

その瞬間、廊下の先に突然金色のキューブが現れる。

その黄金のキューブの側面には、現実世界の風景がまるで陽炎《かげろう》のように映し出された。

「外か!?」

田中さんが叫ぶ通り、それはキューブだった。

外に出ることができる、ダンジョンからの脱出口。

多分渋谷だろうか、黄金のキューブの外の風景が映し出されている。

「で、出口ですよ、田中さん！　出られます!!」

俺は外に出られるのかと、喜びそのゲートへと走っていく。

その時だった。

それは突如現れた。

ブン！

俺達を進ませまいと目の前に現れたのは、黄金色の鉄格子。

魔物達を封じているものと全く同じ鉄格子が、ゲートへの一本道をふさぐように現れた。

「なんで……」

そしてもう一度聞こえる声。

その声は冷たく無機質に、システム音声のように俺達に告げた。

『生贄一人を選んで首輪を装着してください』

俺はその言葉を頭の中で反芻《はんすう》する、そして理解した。

この試練で何をさせようとしているのかを。

俺達《たち》に何をさせようとしているのかを。

身体中から血の気が引いていく感覚。

俺達は再度、魔物達を見る。

その魔物達は、何かを理解したのか今か今かと涎《よだれ》を垂らして静かに俺達を見つめていた。

早く殺したいという意思すら感じて。

「そんな……」

「うそ……」

「残れというのか……一人でここに……」

俺達は理解した。

この中で一人を犠牲にしろと言っている。

まるでデスゲームの主催者が楽しむようなシチュエーションだ。

俺達で殺し合え、争い合え、最も弱いものを決めろと。

「そんな……」

俺はその場に座り込む。

それからしばらく俺達は放心したように、座り込んでしまった。

「……くそっ！　くそっ!!」

田中《たなか》さんだけが無駄だと分かっていながらもその黄金色の鉄格子を焼き切ろうと魔法を放ったり、剣を抜いて切りかかったりする。

しかし、その鉄格子はびくともしない。

それも当たり前、これは力でどうにかなるものではないのだろう。

なぜならあの魔物達を封印している力と同じ、人知を超えた神の力なのだから。

「なんだこれは、なんだ!!　この試練は!!」

田中さんは怒りを露《あら》わにして、叫びをあげる。

あの冷静だった姿はなく、ただ怒りを全面に出して鉄格子を切りつける。

「他の者が生き残るために、たった一人生贄を残せというのか!!　ふざけるなぁぁ!!」

怒りを露わにする田中さんは、疲労からかその手に持つ剣で地面を思いっきり突き刺し、膝をつく。

「ふざけるな……」

「……田中さん」

「ひどすぎるわ、なによ、この試練。私達さっき一緒に生き残ろうって、一緒にお寿司《すし》を食べに行こうって……」

理解したみどりさんも泣きながら膝をついた。

俺も同じ気持ちだ。

こんなことなら仲良く円陣なんてしなければよかった。

身の上話なんて聞かなければよかった。

田中さんとみどりさんは良い人だ。

こんな俺にも、ゴミと呼ばれた俺にも対等に接してくれる。

俺は正直嬉《うれ》しかった。

あの日魔力が5だと分かってから10年以上、こんなに認めてもらったのは初めてだったから。
だからこの2人が本当に好きになっていた。
魔力ではなく、俺を見てくれたこの2人が俺は本当に好きだった。
きっと良い夫婦になるんだろうなと幸せな未来の想像もした。
だって、こんなにも2人は優しいのだから。
なのにこの試練は、それを見越したかのようにたった一人を生贄に選べという。
優しさを殺して、一人を殺せと言ってくる。
だから俺達には選べなかったし、できなかった。
それでも。
『834、833……』
カウントダウンは待ってはくれなかった。
このままだと全員、あの怒り狂った魔物達が解放され殺されるのだろう。
それでも俺達は全員床に座り込んでしまい、動けなくなった。
仮に佐藤《さとう》のような悪役でもいたのなら俺達も動けたかもしれない。
でも、ここにはそんな人はいない。
田中さんもみどりさんも、心から優しい人だ。
だからこそ、俺達は動けなくなってしまった。
それでもカウントダウンは無慈悲に進む。

沈黙のまま、時間だけが過ぎていく。

『603、602、601、600……』

残り10分、600秒を切った時だった。

誰も立ち上がれないで、静かになってしまった時。

その人は立ち上がった。

「私が残ろう。灰君《かいくん》、みどり。君達は生き残れ。これはこの作戦の代表としての命令だ」

それは田中さんだった。

「一誠《いっせい》！　だめ！　だめ！　そんなの!!」

それを聞いたみどりさんが泣き出す。

なぜならそれは田中さんの死を意味するのだから。

「みどり、きっと幸せになってくれよ。私以上の男がいるかはわからないがな……ははは」

田中さんが渇いた笑顔でみどりさんと俺を送り出そうとする。

みどりさんは嫌だ嫌だと続けるが、それでも田中さんは首を振る。

でもその足は震えていた。田中さんだって人だ、怖くないわけがない。

「……わかった……一誠。少し待ってて……」

「なにを……」

みどりさんが、両手で握りこぶしを作って俺を見る。

その目にはいっぱいの涙を溜《た》めて、それでも決心したような目だった。

俺はその目を見て悟った。

俺はこの目を知っている。愛する人のために覚悟を決めた目だ。

「ごめんね、灰君。本当にごめん、私……一誠を選ぶ。本当にごめん、恨んで。私を、許さないで」

そして、その言葉を聞いて確信した。

きっとみどりさんは、愛する田中さんを生き残らせるために俺を犠牲にすることを選んだのだろう。

その選択を間違いとは言わない。

もし仮にここに凪《なぎ》がいて、俺に力があったのなら俺は迷わず凪を生かす選択をするから。

それが人を愛するということだから。

誰かを愛するということはその人を特別にするということ。

なら、世界一愛する人を助けるために誰かを殺すことが悪いのか？

俺にはみどりさんの愛する人を守りたいという気持ちが痛いほどに伝わった。

だが、その発言を聞いて田中さんがみどりさんを力強くひっぱる。

「みどり。だめだ、私が残ると言っている。君の気持ちはありがたいが……これが責任だ」

「だって、一誠！　私！　私！　いやだ、いやだよ!!」

みどりさんは、田中さんの胸で泣いた。

田中さんはそれを優しく抱きしめて目を閉じる。

きっと最後の時間を過ごしているのだろう。

愛し合う2人、それを引き裂く神の試練。

だけど。

「そうだよな、それが正解だよな、凪」

そうはさせない。

ガチャッ
「え？」

「え？」

「俺が残ります。ヒーローの役目はもらっちゃいますよ」

「灰君!? な、なにをする！」

「灰君!? 首輪が！」

田中さんがみどりさんを抱き締めながら、片手で持っていた首輪を俺が奪って、すかさず付けた。

それと同時に、中央の黄金の鉄格子はブンという音と共に消え失《う》せた。

つまりは外に出るためのキューブへと向かえる。

「この中で一番価値がないのは俺です。愛する2人を引き裂くわけにはいきませんよ」

「は、外しなさい！　灰君！」

「無理ですね、鍵穴はありますけど。これもう外れそうもありませんし。それに……いいんです。少しの間でしたけど、俺2人のこと好きでした。俺を……価値がない俺を……対等に、人として、仲間として扱ってくれて嬉しかったです。本当に。それに……ほら」

俺は田中さんとみどりさんのその止まらない涙を見る。

「こんなに俺のために泣いてくれる人のためなら、まぁ俺にしては結構良い命の使い方かなって思います」

「灰君、ごめんね。ごめんね。私が……私があんなことを言ったから……」

みどりさんが謝る。

きっと自分の行動のせいだろうと。

「謝らないでください。実は俺元々死ぬつもりだったんですよ。さっき自己紹介した時に言いましたよね、凪って妹がいるって。その妹がAMSにかかってしまって。でもうち貧乏で攻略者専用病院でしか治療が受けられなくて。俺じゃ攻略者を続けるのは無理だから……なら攻略者として遺族として治療を続けてやろうって」

俺はあの日決意したことを2人に話した。

凪を救うために、何も持たない俺が最後に使ってあげられるのはこの命だけだから。

「灰君……君は……」

「ということで、田中さんに1つお願いがあります。入院してるAMSの俺の妹を頼んでもいいですか？　遺族補償で治療は受けられると思いますが、もし治療法が見つかってもすぐには受けられないと思うので。田中さんなら……日本トップギルドの副代表の田中さんなら権力でなんとかできますよね。天地凪《あまち》、俺にとっては世界で一番大事な存在なんです」

俺は田中さんに精一杯の作り笑顔を送る。

足が震えているのをごまかすように、指で思いっきり足をつねる。

元々死ぬ覚悟はできていた。ダンジョン攻略できないで資格を剥奪されるぐらいなら死んで家族を遺族にしてでも守るぐらいの覚悟だった。

それでも怖いことには変わりない。

「……灰君」

「俺はもしここで生き残っても家族を救えません、だから……」

俺は目に涙を溜めながら、精一杯作り笑顔で田中さんとみどりさんに微笑《ほほえ》む。

「だから、あとは頼みますね。絶対ですよ。凪を頼みますよ！」

それは心からの俺の願いだった。

「……あぁぁ!!」

田中さんは、直後頭を地面に思いっきりぶつけ血を流す。

まるで土下座するように、自分の中の葛藤と戦うように。

何度も何度も。

そして、もう一度顔を上げる。

「その願い、確かに受け取った。……灰君、誓おう、この命とアヴァロンの名に懸けて君の妹の責任は最後まで私が持つ。だから……それだけは安心してくれ」

俺はその返事を聞いてにっこり笑う。

「よかったです。むしろ……ラッキーでした。田中さんの後ろ盾が得られて。さぁ行ってください。あと3分もないですよ」

俺の必死の作り笑顔を、誰が見てもわかるへたくそな笑顔を、それでも受け取ってくれた田中さん。


2人は、ゆっくりと出口のゲートへと向かっていく。

足取りは重い。いまだに葛藤はあるのだろう、それでも一歩ずつ進んでいく。

俺はその背を見てつぶやく。

「これでいいんだ」

俺は何度も自分に言い聞かせる。

俺よりもあの2人が生き残る方がいいんだ、アンランクでゴミなんかの俺よりも。

多くの人に頼られて必要とされるあの2人の方がいいんだ、生きているだけで価値のない俺よりも。

コツンコツン。

田中《たなか》さん達《たち》が躊躇《ためら》うように、それでも一歩ずつ外へ出る扉へと向かっていく。

俺は首輪に繋《つな》がれながらその背中を見つめていた。
横の魔物達が、無数の魔物達が牙を剝《む》いて、涎《よだれ》を垂らし、全員が俺を見つめている。
その目は怒りと喜びが混じったような、気味の悪い眼《め》だった。
早く食わせろとでも言いそうなその表情に俺は心から恐怖した。
田中さん達が、一本道の真ん中を越えたあたりで、俺は完全に一人になった。
その瞬間、とたんに恐怖がふつふつと湧いてきた。
「死ぬのか……あの牙痛そうだな……かみちぎられるのかな……」
俺は今からあの魔物達にどうやって殺されるのだろう。
あの巨大な手でちぎられるのだろうか、あの巨大な牙で貫かれるのだろうか。
もしかしたらあの龍の息吹で燃えて死ぬのかもしれない。
どんな死が待っているか、俺はしてはいけないのに想像してしまった。
そして。
「死にたくない……え？」
ふと言葉が出てしまった。
諦めないとかそういう次元ではなく、確実な死。
ホブゴブリンにならなら立ち向かえた、知の試練なら最後まで諦めなかった。
でもこれは違うだろ、こんなの、諦めるなというほうが無理だ。
嫌だ。

心からそう思ってしまった。

「怖いよ……」

とたんに俺は震えだす。

「いかないで……」

俺は田中さん達の背を見つめながら無意識に声を出してしまった。

小さな声は魔物達の雑音にかき消され、田中さん達には聞こえない。

でも一度言ってしまえばもう止まらなかった。

「死にたくないよぉ……」

怖くて震える。

涙があふれてとまらなくなった。

それでも必死に口をふさぐように、田中さん達にばれないように縮こまる。

もしこの姿を見せてしまったら、田中さん達は戻ってきてしまいそうに思えたから。

だから俺は必死にこらえたけど、それでも涙が止まらなかった。

怖くて怖くて、死というものを目の前にするともうどうにかなってしまいそうになる。

「ううぅっ……嫌だよぉ」

涙が溢《あふ》れてしまった、この選択を後悔した。

もし、もう一度戻れるなら。

もし、もう一度選べるなら。

俺は……。

その時だった。

まるで俺のその言葉を待っていたかのように無機質な音声が頭に直接響く。

まるで、俺がそうなることをわかっていたようにこのタイミングでその声はあたりに響き渡る。

『最後の試練――』

「え？」

その声が聞こえたと思ったら俺と田中さん達の間に、まるで隔てるように牢屋《ろうや》のような金色の鉄格子が現れる。

それは先ほど一度消えた鉄格子と同じ。つまり俺と田中さん達は隔てられた。

通ることはできないだろうが、向こうの様子が見えるぐらいは隙間が空いている黄金の鉄格子で。

そして、もう1つ。

「なぁ!?」

田中さん達の首に、金色の首輪が現れる。

それは空から突如現れた黄金の鎖に繋がれており、逃げることはできない。

「なにが起きてる……」

俺が混乱していると、田中さん達が目指した外に繋がるキューブ。

それと全く同じものが、俺の後ろに現れた。
そして、さらにもう1つ。
「鍵が2つ……」
俺の目の前に鍵が2つ現れる。
その鍵は見たら一瞬でわかる、きっと首輪を外すのに使う鍵なんだと。
これを使えば俺はここから外に出られる。
俺は理解した、これが試練なんだと。
もう一度問われている。
この状況で、死というものを確かに実感して、死にたくないと心から思って。
そして自分だけは助かろうと思えば助かるこの状況で。
もう一度同じ選択ができるのか、それとも……。
そして俺は気づいた。
まだあの無機質な声はこの試練の名前を言っていなかったことに。
俺の問いに答えるように。
『最後の試練——心の試練を開始します』
最後の試練が始まった。
「なんだよ……それ」

俺は鍵を握りしめる。

この鍵を使えば、俺は助かる。

2つあるということは、2人助かる。

俺ともう一人が助かる。

いや、俺だけ使って鍵をもって外に出れば、ここで起きたことは誰にも知られずに俺が生き延びることだってできる。

田中さん達を殺して、俺は生き延びることができる。

「俺は……俺は！」

先ほどまでとは状況が違う。黒い感情が湧いてくる。

俺はその鍵を握りしめ、自分の首についた鎖を見つめた。

カウントダウンはすでに1分を切っていた。

「はぁはぁ……俺は……俺は……」

俺は震える手で鍵を鍵穴へと近づける。

俺は笑っていた。きっと醜悪な顔だったのだろう。

でもそれが悪いのか？　自分の命を最も大事にするのが悪いのか？

顔が引きつり、生き延びられるかもしれないという気持ちに嬉《うれ》しさがこみ上げた。

帰ったらゆっくりお風呂に入ろう、贅沢して大好きな牛丼を食べよう、お菓子もジュースもたくさん食べよう。

まだまだやりたいことはあるんだ、まだまだやり残したことがたくさんあるんだ。
この先には、きっと……未来が。
だから、だから!!
「俺は、生き残る！　生き残るんだ！」
鍵穴に差し込み、声に出した瞬間だった。
俺は思い出してしまった。

＊

「俺は、生き残る！　生き残るんだ！　こんなゴミとは違うんだ!!」

＊

同じ言葉を、醜悪な顔で、大っ嫌いな奴《やつ》が言ったことを。
知の試練で、佐藤《さとう》が俺を突き飛ばした時の顔を思い出した。
絶対あんな奴にはなりたくない。あんな大っ嫌いな奴と同じにはなりたくない。
そして。

＊

『凪《なぎ》、兄ちゃんが絶対助けるからな。絶対だからな』

＊

妹に誇れる兄になりたい。
俺は病院で凪に向けて決意した言葉を思い出す。

俺は、目が覚めたようにとたんに身体から力が抜けてしまった。

ため息をついて目を閉じる、そして。

その2つの鍵を田中さん達の方へと投げた。

金色の鉄格子の間を通り、その鍵は田中さん達の足元へと飛んでいく。

「灰君《かい》……」

「田中さん!!」

俺は笑顔で、言った。

今度は作り笑いではなく、本当に心からの真っすぐな気持ちを。

「妹を……凪を頼みますね」

「…………必ず」

田中さん達は頷《うなず》き、首輪を外してそのゲートへ走っていき消えてしまった。

俺はただ一人部屋に取り残される。

不思議と恐怖は消えていた。ただ痛いのは嫌だなという思いぐらいが残る。

「はは……どうだ、おい。なんでもお前の思い通りに行くと思うなよ!!」

俺は聞こえているかもわからない、その無機質な音声に向かって天に叫んだ。

きっとこの試練を考えた存在が想像していた結末ではなかったのだろう。

俺は少しだけ気分がよくなった。最初に神の騎士選定式と言っていたことからきっと神とやらが作ったのだろう。

デスゲームの主催者は、いつだって醜く争い合い、裏切りあう俺達《たち》が見たいんだろうから。

でも今日この試練に関してだけはそうはいかなかったはずだ。

「残念だったな！　思い通りにいかなくて!!　俺は死ぬよ。自分の意志で、自分の思いを貫いて!!　だからこの勝負は……」

『3、2、1……』

どうせ死ぬんだ、こんな奴に媚《こ》びへつらう必要はない。

俺はもう誰にも媚びへつらわない、もう自由に生きてやる。

それがたとえ、『神』だとしても、俺はもう自分の意志を絶対に曲げない！

だから、中指を天に向かって突き立てる。

そして、俺は神に喧嘩《けんか》を売った。

「だからこの勝負は……俺の勝ちだ、糞《くそ》野郎」

『0……時間になりました。解放します』

そしてカウントダウンが0になり、黄金の鉄格子は消え去った。

魔物のおたけびが万を超えて俺に向けられる。

俺は目を閉じて、ただ死を待った。

『見つけた……託せる騎士……』

しかし聞こえたのは、感情の乗った無機質な声。

「え？」

突如浮遊感が俺を襲う。

魔物に食われたのかと思ったが、痛みはない。

俺は恐る恐る目を開く。開いたら周りが魔物だらけになっていそうで怖かったが何とか恐怖に打ち勝ち目を開く。

「……あれ？」

だが、眼《め》を開いた俺はよくわからない部屋にいた。

◇同時刻、外、田中《たなか》達
「外に出られたのか……」

田中とみどりが外へと続くゲートを出たあと、次に見た光景は渋谷スクランブル交差点。

いつもの見慣れた現代日本の光景だった。

「……灰君、わぁぁぁ!!　ごめんなさい、ごめんなさい!!」

みどりが涙を流す。

罪悪感と、それでも彼を犠牲にすることを容認した自分達の卑怯《ひきょう》さが不甲斐《ふがい》なくて。

「君はすごい。あの状況で同じことができる人間がどれだけいるというんだ。最後の心の試練……彼でなければ……」

田中は振り向き、そのキューブを見る。

するとそのキューブが光の粒子となってゆっくりと消えていく。

跡形もなく消え、休眠モードにすらならなかった。

「これで終わりか。ダンジョン崩壊を起こしてあの魔物達が外に出たらと思うとぞっとする。だが君のおかげでこの国は救われたよ。本当にありがとう」

田中はそのキューブへと深く頭を下げ続けた。

この日、渋谷で起きた金色のキューブ事件は、ここ数年最大の損害をもたらしたダンジョン攻略として連日ニュースに取り上げられることとなる。

日本人死者数48名、内A級が5名、B級が8名、C級が14名、D級が20名、アンランクが1名。

そして米軍人達も結局は全員が帰ってこなかった。

つまり米軍死亡者10名、内S級が1名、A級が9名。

しかし得られたものは何もない。

日本一のギルド『アヴァロン』にとっても、米国にとってもこの事態は重くのしかかる。

記者達からの責任追及は連日行われた。

一時期田中の解任を求める声も上がったが、田中が絶対にやめないと宣言した。

「私には必ず果たさないとならない約束がある、だからこの地位を捨てるわけにはいかない」

その田中の強い言葉に、誰もそれ以上は追及できなかった。

◇一方、灰

「……あれ？　ここは？　俺は転移したのか？」

俺のその言葉に応えるように、あの声が響き渡る。

『挑戦者：天地《あまち》灰。心の試練クリア。よってすべての試練を攻略した達成者となりました。神の間に転送しました。神の眼並びに騎士の紋章を譲渡します』

「クリア!?　あれで？　というか神の眼？　騎士の紋章？　なにそれ」

俺は信じられないと驚くが、クリアという言葉の通りなら俺は先ほどの心の試練をクリアしたのだろう。

死にたくないと思ってから、それでも仲間を裏切らないのが試練だとするのならなんて最低な試練なのだろう。

考えたやつの性格はねじ曲がってる。

「そっか。でもあれが正解なのか……でも、ここはどこだ……普通攻略したなら外に転移するだろ」

俺はあたりを見渡す。

そこは青い松明《たいまつ》に照らされた薄暗い部屋だった。

イメージとしては、ゲームに出てくる玉座の間という感じだろうか。

なぜなら俺の目の前には豪華な玉座、そしてその上に項垂《うなだ》れるように座った骸骨がいた。

「気持ち悪いな……しかも翼……なのか？」

その骸骨は、人間のものとそっくりだった。

1つ違う点があるとしたら翼がある。骨だけど。

それはまるで天使の骸骨。悪魔かもしれないが。

その骸骨がただ玉座に座って項垂れている。

そしてその横には二つの台座があった。

1つは、何も置かれていない空の台座。

きっと何かが置かれていたのだろう。でも今は何もなく静かに佇《たたず》む。

そしてもう1つは、金色に輝く光の柱に包まれていた。

その光の中には2つのもの。

1つは金色のペンダントのような名前が彫られたタグ？　軍人が首にかけていそうなタグだった。

そしてもう1つは。

「これって……あの壁画の……これが神の眼なのか？　高そうだな。純金製かな……」

金色に輝くこぶし大ほどの三角形。

その側面には眼のマーク。

それはあの壁画に描かれていたアイ・オブ・プロビデンス、神の全能の目そのものだった。

もしかしたらあの絵は、これを表していたのだろうか。

そして、その台座の前には石碑があった。

「これ石碑? なんだろう、よく読めないな……欠けてるし日本語じゃない……あれ?

読める、読めるぞ!」

俺が石碑に触れた瞬間、その何語かもわからない言語で書かれた文字が感覚で読めた。

そして俺はその出だしの1行目を読んでみる。

「我々は……敗北した?」

その出だしは、読めはしても全く理解できない言葉だった。

その石碑に書かれた文字を俺は読み進める。

『我々白の敗北は近い。世界は奴《やつ》らの手に落ち、永劫《えいごう》の服従が世界を支配する。我らが神も崩御された。我らの……体が奪われたせいだ。だから我ら騎士のすべての命を使い、姫様が最後の魔法を発動された』

「これ……どういう……」

『すまない、未来の子供達よ。君達にすべてを委ねるしかないことを許してほしい。せめて戦うだけの力は我らが渡そう』

「委ねる？　なんのこと……」

『これを見る者よ、騎士として認められたものよ。頼む、強くあれ。そして願う、我々の神の眼が、正しきものに渡ることを。慈愛に満ちて美しく輝く魂を持つものへ。そして』

最後の一文だけは一際力強く彫られていた。

『その黄金色に輝く魂がいずれ世界を覆う闇すらも照らすことを』

それで石碑に書かれていたことはすべてだった。

「……よくわからない。誰かと誰かが戦って負けたほうが書いたのか？」

俺は全く理解できないその石碑を心の隅に置いておく。

何かとても重要なことが書かれているような気がするが、今の俺では何も理解できない。

俺は台座を見た。

金色のタグに手を伸ばし手に取った。

表には盾と剣のまるで紋章のようなマーク、そして裏には文字が彫ってあった。

「……文字が彫ってあるな……これも読める。えーっと……ランスロット？　ランスロットさんのものなのかな？」

その金色のタグの裏には、《ランスロット》と彫られている。

「首につけるのか？　装備品とかか？」

俺はそのタグを首につけてみる。

もしかしたら魔力が付与されたアイテムかもしれない。

少し不用心かと思ったが呪いの装備とかじゃないよな？

「……っぐ!?」

俺はそのタグを首につけてみた。

直後俺の中にフラッシュバックのようにただ情景が流れる。

◇記憶の旅
目の前には、黒い鎧《よろい》をつけた万の騎士。

俺はそれと戦うたった一人の白い騎士だった。

背後には、一人の少女。だが巨大な翼を何枚も持ちまるで大天使のように美しい。

俺は強かった。

黒の騎士達《たち》一人ひとりが、まるでS級に達しそうなほどの強さ。

だがその白い騎士はそれすらも上回り、ただ強かった。

たった一人でもその軍勢を押しのけてしまいそうなほどに、白い閃光《せんこう》が戦場を支配する。

だが、黒の騎士は減るどころか増えるばかり。

より強い個体も現れて苦戦を強いられる。

俺から見てもこの戦いに勝利はなかった。

それでもその白い騎士は諦めない。心を燃やし命を懸ける。

その黄金色に輝く眼と剣をもって一人たりとも後ろの女性に届かせない。

『ランスロット……ごめんなさい……あなたにも……こんな辛《つら》い役目を……私の騎士になったばかりに……』

その少女は泣いていた。

何かの儀式を完遂させようと両手を組んで空に祈り続ける。

止めどない涙が頬を伝って、地面に落ちる。

俺はその涙を見て、胸が苦しくなった。

この白い騎士の感情が止めどなく俺の心に流れてくる。

この感情はきっと……。

その白い騎士は口を開いた。

『そんなことをおっしゃらないでください、姫様……私は……何も持たなかった私は……あなたの優しさに救われました。あなたにこの眼《め》をもらいました。こんなにもあなたを守れるほどに強くなれました。私はあなたにお仕えできて!!』

白き騎士も目に涙を溜める。それでも絶対に落とさない。

万の軍勢を退けて、最後の最後まで姫と呼ばれる少女を守り続けた。

『本当に幸せでした……』

剣を構えて前を向く、その燃えるような瞳には微塵《みじん》の恐れも映さない。

『私の命など惜しくはありません、世界の未来のために……いえ、あなたのために永劫に捧《ささ》げます。ですが願わくは……』

その白い騎士は、まるで俺に話しかけるように自分の心へと話しかけた。

『いつか来るその日に、力、知、心。すべてを兼ね備えた強き騎士が現れることを願って。

勝手だが……託させてもらうぞ、今代の騎士よ。だから……』

その言葉とともに、その少女から放たれた光が世界中を包み込んだ。

◇灰《かい》視点

「!?……何だったんだ今の……」

俺が目を開くと、元の世界にいた。

ほんの一瞬だが、別の記憶を見ていたような……。

「あれ？」

俺は泣いていた。

さっきの記憶は夢のように曖昧だ。それでも俺の目から涙が頬を伝っていた。

必死に我慢していた涙が、心を一瞬でも同化してしまったのか、止めどなく溢《あふ》れてくる。

少しだけ俺は放心していた。

理由もわからず、心が揺れていた。

1時間ほど、俺はただぼーっとしていた。

だが、やっと心が落ち着き立ち上がる。

「……わからない。わからないけど、このタグは俺がもらうべきな気がする。あとはこれか……譲渡するって……これが神の眼？」

俺が台座に載った小さな黄金のピラミッドのようなものに触れた瞬間だった。

そのピラミッドは光り輝き、粒子となって俺の身体に吸い込まれていく。

「なぁ!?」

『神の眼の付与を開始します。完了まで600000、599999』

「え？　あ、頭が……」

触れた瞬間突如頭が割れるような痛さ、耐えきれない頭痛。

俺は直後膝をついてそのまま意識を失った。

『終了まで……100、99』

「……あれ？」

しばらく後、俺は突然意識を取り戻した。

しかし何も見えないし、ふわふわしてまるで水に浮いているような感覚だった。

声が出た気がしたが、なんだろう、心の声なだけで口には出なかったのか。

夢なのだろうか、確か俺は突如意識を失ったはず。

どうしたものか……。

『2、1、0……神の眼の付与完了、ライブラリを種族名：人の一般常識と併合しています。完了まで残り10秒……進捗率99．99％』

「ん？　なんだ？　何が起きてる？」

あの無機質な音声だけが聞こえてくる。

一体何が起きているのか。俺は死んだのか？

『挑戦者：天地《あまち》灰は、神の騎士選定式をクリア。報酬として、神の眼とアクセス権限Lv1が与えられました』

するとそのシステム音声が俺の質問に答えるように、説明してくれた。

試練中は全く答えなかったくせに、今は素直に答えるんだな。

「神の眼？　なにそれ」

『すべての魔力に関する情報を閲覧することができるようになります。封印の箱等が対象です』

「封印の箱？　キューブのことか？」

『肯定します。……身体《からだ》の修復完了、神の眼の付与完了、ライブラリ最新化。すべての処理が完了しました。帰還場所を指定してください、転送します』

「帰還場所？……家に帰りたいけど。ってそれより、質問——」

『転送します。地点座標：登録。天地灰の自宅へと転送開始』

「——ちょ！　おい！　待って、待ってく——」

『騎士の試験合格おめでとう。天地灰。あなたのその慈愛に満ち美しく輝く魂がいずれ世界を覆う闇すらも照らすことを』

「はぁ？　お、おい！　待ってく——」

『託します……彼と私の眼を、そして彼の騎士の紋章を』

「——れ……え？」

暗転したかと思った瞬間、俺は気づくと見慣れた天井に向かって手を伸ばしていた。

そこは最近は敷きっぱなしになっている俺の布団の上だった。

安心する感覚、落ち着く空間、そこは我が家だった。

「え？　なにこれ？」

俺は身体を触る。いつもの身体だ。

いつもの身体で傷もない。そしていつものかび臭い家だった。

「生きてる？　夢？　今までの全部？」

俺は目頭を押さえて、スマホを探す。

するといつも通りポケットに入っていた。

よく割れていなかったな。

そして時刻を見ると。

「……夢じゃない……1週間も経《た》ってる……」

今日は8月13日だった。

金色のキューブに参加したのは8月6日だったので間違いなく1週間が経っていた。

俺は自分の両手を見つめる。

何があったのかいまだに混乱していると、俺の手の横にありえないものが見えた。

「はぁ？　なにこれ」

それは、日本人ならば見慣れたと言えば見慣れた光景。

しかし、現実世界ではあり得ない光景。ファンタジーやゲームの中の話。

そこには。

「……ステータス!?」

俺の情報がまるでゲームのシステムウィンドウのように表示されていた。

名前：天地灰
状態：良好
職業：なし
スキル：神の眼、アクセス権限Lv1
魔　力：5
攻撃力：反映率▼25％＝1
防御力：反映率▼25％＝1
素早さ：反映率▼25％＝1
知　力：反映率▼25％＝1
装備
・騎士の紋章

「俺のステータスなのか？　名前が俺の名前になってるし……っていうか家に転移したのか？　もう何が何だか……」

最後の記憶はあの金色の眼の置物に触れたこと。

一瞬夢かとも思ったがダンジョンに入ってから1週間は経っている。

夢なんかではなく、俺は確かにダンジョンに潜ったはずなんだ。

それでも自分が信じられなくなった俺は、外に出ることにした。

「いつもの光景だ……」

いつものボロアパート、いつもの風景。でも1つだけ違っているのは。

「ステータスが見える……他の人のステータスも……」

街行く人々に焦点を合わせて見つめるとステータスが表示される。

何と言ったらいいかわからないが、見ようと思えば見える。

見ようと思わなければステータスは表示されなかった。

「そういえば……完全攻略の報酬として神の眼を付与とか……これが神の眼?ってか俺は攻略したのか?　それに騎士の紋章」

わからないが、俺はどうやらあの金色のキューブを攻略したらしい。

首には黄金色のタグがかかっており、やはりランスロットと彫ってある。

完全攻略という言葉の意味はよく分からないが、あの時田中《たなか》さん達に鍵を渡したことが完全攻略だとするならば本当に糞《くそ》みたいな試練だと思う。

「……どうしようか……とりあえず……腹が減ってる」

1週間何も食べていないからなのか、俺の腹は極限に減っていた。

俺はなけなしの全財産が入った財布をもって近くの牛丼屋へと向かう。

「らっしゃっせー!!」

「牛丼特盛、温玉つゆだくだくの味噌汁《みそしる》とおしんこセットで!!」

俺は、いつもなら頼めない最高の贅沢《ぜいたく》を注文する。

これを最高の贅沢と呼ぶあたり我が家の経済状況がうかがえるが。

1週間分の食費が浮いたし、参加費100万円がもらえるはずだからな。

「どうぞ!!」

「浅野《あさの》さん……魔力54か……」

「え？　どっかで会ったことありましたっけ？」

「あ！……すみません、友人の名前をつぶやいただけでして！」

俺はその店員さんのステータスをつい読み上げてしまった。

名前、職業、等級、そして魔力量が見える。なんだこの人間スカウターは。

そしてよくわからない項目、反映率ってなんのことだ？　計算するに魔力に対する反映率のようだ。

俺の魔力は5、これはかつて協会で測定したものと一致する。

その5に対する反映率25%が攻撃力という項目になっていた、それが1。

つまりは俺の攻撃力は1なのだろうか、そもそもそんなものが数値で表せるとも思えないが。

それに職業も、目の前の店員は、牛丼屋の店員なのに『なし』だし。

店員さんは不思議そうな顔をして、それでも納得したように離れていく。

「なんのことか全然わからないな、でも……とりあえずは！」

ステータスのこともだが、今はそれより目の前の牛丼こそが俺の第一目標だった。

割り箸を勢いよく割り、1週間ぶりの食べ物を胃の中に流し込む。

腹が満たされた俺は、水を飲んで休憩しながらとりあえず少しだけ考察することにする。

「このスキル、神の眼《め》ってのが報酬なんだろうな。よくわからないけどステータスって呼ぶが、これが見えるのか……」

現状で分かることは神の眼と呼ばれるスキルが、攻略報酬として俺に与えられたらしいこと。

そしてこのスキルは人のステータスが見えるという恩恵がある。

といってもわかることは魔力に関することと名前ぐらいのもんだが。

「正直なんもわかんないな。とりあえず……」

俺は立ち上がり、目的地を決める。

「凪《なぎ》の様子を見に行くか」

俺は国立攻略者病院へと、妹の様子を確認するために向かう。

田中さんを信用していないわけではないが、それでも目で見て安心したい。

「渋谷のキューブは消えたんだ……あ、やっぱり俺死んだ扱いになってるな。どうしよう」

俺はスマホでニュースを調べる。

まだ1週間なので、スマホの解約もされていないようでよかった。

もしかしたら色々手続きとかしないといけないのかな？　死んだと思ってたら生きてましたって。

電車に乗りながら俺は、外を眺める。

いつもの風景だ、そしてそのいつもの都会の風景に建つ異質な箱達《たち》。

キューブ、そういえば封印の箱とかいってたな……。

「……え⁉　今のって⁉」

キューブをなんとなしに見つめていた俺は、突如人と同じステータスがキューブにも表示されたことに気づく。

しかし、通り過ぎてしまって何があったのかは読めなかった。

「キューブにもステータスがある⁉」

俺は目的の駅についてから、すぐに最寄りのキューブへと向かった。

一度攻略したことがあるE級のキューブのはず。

まだ休眠モードになっていないことから、数日もすればダンジョン崩壊を起こし、魔物が外に現れる。

といっても、協会が管理しているためすぐに攻略者が派遣されるだろうが。

そして俺はその青色のキューブ、人類が定めた等級でいえばE級のキューブを見た。

残存魔力：30／50（＋1／24h）

攻略難易度：E級
◆報酬
初回攻略報酬（済）：魔力＋10
・条件1　一度もクリアされていない状態でボスを討伐する。
完全攻略報酬：現在のアクセス権限Lvでは参照できません。
・条件1　ソロで攻略する。
・条件2　100体以上のゴブリンを討伐する。
・条件3　ボスを3分以内に討伐する。

「何これ……」

俺がキューブを見つめると現れたのはステータスだった。

ステータスというか、キューブの情報？

そこには、人類が20年前から戦ってきたキューブの誰も知らない情報が記載されていた。

「これ本当なのか？　残存魔力？　こんなの……それに攻略報酬って……見えないけど」

俺がその情報を見て一番に思ったことは、攻略報酬だった。

確かにキューブが現れて人々は覚醒した。そしてキューブを攻略するごとに強さが増すなんて噂《うわさ》も聞いたことはある。

しかしそれは稀《まれ》に起きることであり、実際はほとんどが起きないため、都市伝説だとも言われている。

「キューブには初回攻略と、完全攻略の2つがあるのか。このキューブの初回攻略はもちろんもう誰かが攻略していると。でも完全攻略はまだか……報酬は何かまではわからない……」

俺はその情報からそう読み取った。

憶測だが、そのまま読めばそうなるだろう。

完全攻略報酬は、攻略報酬を考えれば魔力の最大値が増えるのだろうか。

「……強くなれるのか、俺も」

魔力5。街行く、攻略者でもない普通の人々の半分もない俺の魔力。

しかし、この目をもってキューブを攻略していけば俺はもっと強くなれるのかもしれない。

まだこの目の情報を鵜呑《うの》みにするわけにはいかないが、俺に与えられたこの力が何を成せるのか。

それでも少しだけ俺は期待してしまう。

「と、とりあえずこの検証は後にして！」

俺はそのまま病院に向かった。

「あ、あの……天地灰《あまちかい》です。天地凪の面会に来たんですけど」

「少々お待ちください」

病院に向かい、いつものように受付のお姉さんに面会依頼をお願いする。

え!? 幽霊!? なんて反応を期待というか、恐れたが、そんなことは全くなかった。

「……あれ？ 一般病棟から……遺族病棟……で今は……特別個室？ あれ？」

「なんですか、特別個室って」

「い、いえ。つい先日、天地凪さんは遺族病棟に移されたのですが、すぐに個室へと移動されてます。特別個室はその……最上階でとても広く……」

「あー……」

俺は田中さんがしてくれたことだとすぐに思いついた。

凪は、俺が死んだとされた1週間前に遺族病棟に移されたはずだ。

しかし田中さんがすぐに別室へと移動させたのだろう。

遺族病棟は最低限の治療しか受けることはできない。

それに対して、特別個室とは住めるレベルの部屋で主に金持ち専用の部屋。

一月で100万ほどは費用がかかると聞いたこともある。

「ふふ、あの人らしいな」

「え？」

「いえ、なんでもありません。それで……面会できますか？」

「それが申し訳ございませんが、特別病棟の患者様は身元引受人の方の許可がなければご案内できかねます。こちらからご連絡させていただきましょうか？」

「そうですか、いえ、大丈夫です！　では先に許可を取ってきます」

俺は申し訳なさそうにする受付のお姉さんに頭を下げて病院を後にする。

先に田中さんに会いにいかなくてはいけないようだ。

「ふふ、田中さんびっくりするかな？」

俺は少しだけいたずら心を胸に抱いて、日本最大最強のギルド『アヴァロン』へと向かうことにした。

「虎ノ門……すごいところにあるな……さすが日本一のギルド。まるで一流企業だ。ってか一流企業みたいなものか」

俺はスマホ片手に、アヴァロン本社の場所を調べて向かう。

そこは日本を代表する企業が立ち並び、官公庁、国会議事堂など日本の中枢、霞が関も目と鼻の先、まさにこの国の中心部だった。

～電車に揺られて数十分。

「ここが虎ノ門……」

季節は夏、温暖化止まらぬ日本。

コンクリートジャングルに、半袖短パンの貧乏人が降り立つ。

上から下まで全部ユニシロ、パンツまで含めて総額3000円コーディネートなり。

俺は周りのビシッと決めたビジネスマン達の間を縫って目的地へと進む。

彼らのネクタイ1つで俺の全身コーデよりもはるかに高いだろう。

そして目的のビルへ。

「これがアヴァロン本社ビル……デカすぎんだろ」

天高く聳《そび》える摩天楼、そこは日本最大最強ギルド兼会社。

アヴァロン本社だった。

俺は見上げるほどの巨大高層ビルの前に立っていた。

黒の短パンと、白の無地のシャツ。

俺の基本スタイルで、夏スタイル。

色合いだけでみるのなら、スーツの人達と大差ない。

ただ彼らのネクタイ1つよりも俺の着ている服の値段の総額は低いだろう。

というか少しこの服装が恥ずかしい。

「ここか……門前払いされそう」

それでも俺は一歩を踏み出す。

しかし、意外と仲はラフな格好の人が多かったので目立たなかった。

というのもダンジョン攻略者が多く在職するギルドの本部なのだ、ラフな格好の攻略者が多いのもうなずける。

「やっぱ、ギルドって儲《もう》かるんだな……」

俺はそのビルの中に入り、良く分からないアート作品を見る。

室内なのに噴水があるが、これがおしゃれなのだろうか。

湯水のごとく金が儲かっていることを暗示しているのだとしたら中々皮肉だな。

ギルド経営は儲かる、それを信じて多くのギルドがダンジョンで散っていったのは言うまでもないが、それでも儲かる。

命の安全、それを担うということは何よりも優先され、世界中の人間がお金を落とすしかなくなる。

要人の警護、災害救助、ダンジョン崩壊の対処、ダンジョン攻略、そして魔力石や、魔物の素材の売買。

キューブと人類の覚醒が生み出した雇用は、数えきれない。

ちなみに魔力石は、大変なエネルギー変換効率を持っているらしい。

俺は科学には疎いので原理は詳しくは知らないが、A級の魔力石1つで町1つのエネルギーが数日は賄えるというから驚きだ。

そんなギルドの日本一が儲からないわけがない。

今や日本の政財界、世界経済にも影響を与える日本トップのギルド。

それが日本最強『アヴァロン』だ。

「あ、あの……」

俺は一階ロビーで受付のお姉さんに話しかける。

「はい、いかがしましたでしょうか」

ニコッと笑顔で俺に話しかけるお姉さん。

「えっと、田中《たなか》さんにお会いしたいんですが」

「田中と申しますと、フルネームを頂戴できますでしょうか」

「あ、田中一誠《いっせい》さんです。副代表の！」

すると受付のお姉さんが驚いた顔をする。

そりゃ、いきなり現れて副社長を出せってこんな服装の奴《やつ》が言ってきたら驚きもするだろう。

俺なら追い返す。

「失礼ですが、お名前は……」

「天地灰です。名前だけでもお伝えしてもらえば多分……会ってくれると」

先ほどまで優しかったのにとたんに俺を怪しむお姉さん。

「少々お待ちください」

それでも連絡してくれるようで俺は一安心する。

「はい、田中副代表にお繋《つな》ぎください………あ、こちら一階受付ですが、はい、田中様にお客様がお見えです。お約束はされていないとのことですが……はい、お名前は天地灰様……いえ、天地、灰でございます。はい……え!? わ、わかりました」

すると電話を置いた受付のお姉さんが驚いた表情で俺を見る。

「あ、あの……田中副代表がすぐに来るとのことですので、お待ちいただけますか？」

「よかったです」

俺はロビーの椅子に座って待つことにする。

受付のお姉さんがひそひそと話しているが、副代表がいきなり降りて出迎えるなんてどういうことだと思っているんだろう。

そりゃそうだ、どっかの社長ならともかく、ただの貧乏そうな高校卒業したての学生あがりを、いきなりＮＯ２が迎えにくるというのだから。

俺は数分噴水を眺めながら待った。

多くの攻略者のステータスを見つめるが、全員魔力が俺の数十倍、数百倍はあった。

スカウターごっこは結構楽しい。

いつか俺のこのスカウターも爆発するようなスーパー攻略者が現れるのだろうか。爆発だけは勘弁してくれ。

「はぁはぁ……」

すると息を切らせた田中さんがビシッとしたスーツでエレベーターから現れキョロキョロする。

ダンジョン攻略のときと同じ。きっとあれが田中さんの戦闘服なんだろうな。

息を切らせて全力で走ってきたのだろう、とても鬼気迫るという雰囲気だ。

その様子を見て他の攻略者や社員達《たち》も何事だと慌ただしくなっていく。

俺は少しだけ恥ずかしくなりながらも、ゆっくりと手を挙げた。

それを見た田中さんが床がめり込む程の疾走で俺の前まで来て、肩を摑《つか》む。

「灰君……灰君なのか!?」

「はい、あのなんていうか……生きてまし――!?」

俺がみなまで言う前に田中さんは俺を強く抱きしめる。

優しく、そしていい匂いがした。

「よかった……本当に……灰君……すまない、すまない」

「田中さん……」

「もしかしてと思っていたんだ。あの選択が間違いなんて訳はないと。よかった。本当に……一体何があったんだ、灰君」

「えーっと。とりあえず場所変えます?」

わき目もふらず抱き締める田中さん。

周囲の視線が少し恥ずかしい、というか結構恥ずかしい。

田中さんは本気で泣いているし。

「あ、あぁ、そうだな。とりあえず私の部屋にいこうか」

俺はそのまま田中さんに連れられて、田中さんの仕事場へと向かう。

俺の家よりも大きなエレベーターに乗って、最上階へと赴いた。

そのフロアの一室、一際重厚な木製の扉を開けるとそこは田中さんの仕事部屋なのか、執務室という感じの部屋だった。

「お茶と来客用のお菓子を頼む。あぁ、2人分だ。それとみどりも呼んでおいてくれ」

田中さんが部屋につくなり、電話で誰かに指示を出した。

みどりさんにも会えるようだ、あの人もたくさん泣いてたし、またぬっちゃ泣かれそうだ。

俺と田中さんは豪勢な椅子に座り、机をはさむ。

「それで灰君、一体何があったか教えてくれるか？　私は1週間帰ってこないから……あのまま……」

「それがですね。俺にも何が起きてるかさっぱりなんです」

俺はこの神の眼《め》のことはまだ話さないことにした。

そもそも自分自身もよくわかっていないのだから、もう少し理解してから話そう。

田中さんには話したい、でももう少し理解してからでも遅くないはずだ。

それから俺は目が覚めると家にいたことを話す。

正直滅茶苦茶《めちゃくちゃ》な話だとは思ったが、それでも田中さんは信じてくれた。

「……そうか、それでもよかった。私は思っていたんだ、心の試練、君の選択が間違いであるはずがないと」

「はは、少しかっこつけすぎましたけど」

俺が少し照れると、田中さんは再度頭を下げる。

「……君は許すと言ってしまうだろうが、それでも私は自分を許せない、本当にすまなかった」

「や、やめてください！　首輪をむりやり取ったのは俺ですし、田中さんは俺の代わりに死のうとしてくれたじゃないですか」

「いや、正直……義務感でしかなかった。だからもし私が最後の状況になったとき、君と同じ選択はできなかったかもしれない。生贄《いけにえ》になると口にはしたが死にたくないという気持ちが沸々と湧いていたんだ、正直なところね」

それでも田中さんは頭を上げてはくれなかった。

どうしたものかと俺は話を変えることにする。

「あ、そうだ。凪《なぎ》の病室は田中さんが移動してくれたんですか？」

「ん？　あぁ、そうだよ、あんなことが罪滅ぼしになるとは思わないが……」

「いえ、すごくうれしかったです。それで俺も生きてたし、妹を一般病棟に――」

「いや！　それは許されない、このまま面倒を見させてほしい」

俺は凪を一般病棟に移すことを提案するが、田中さんが身を乗り出し強く否定した。

あの日誓ったし、願いとして受け取ったのだから、せめてこれぐらいはさせてくれと。

「わ、わかりました……無理のない範囲でお願いします」

俺は根負けした。

田中さんは絶対に譲らないと、かたくなに拒否したのでこれ以上は野暮だなと思い俺は引くことにした。

「気にしないでくれ、これでも結構稼いでいるんだ」

そりゃそうだろうなとも思う。

攻略者として成り上がり、遂《つい》にはこのギルドの副代表まで上り詰めたのだから。

「そうだ、俺って死んだことになってますけど……」

「そうだね、それは私が手続きしておこう。協会に死者の報告は私がおこなったので、誤りだったと。だからこれまで通り活動できるよ」

「そうなんですね、ありがとうございます！」

「灰《かい》君、これからどうするんだ？　もし失礼でなければ金銭的援助も……」

「いえいえ、もうほんと十分です！」

「し、しかし……それでは私の気が収まらない。あ、そうだ。うちに所属しないか？　私が言えば試験もパスでき――」

「だめです」

俺は先ほどとは逆に田中さんを手で制して提案を強く否定する。

田中さんは良い提案だと思ったのか拒否されて驚く。しかし落ち着いてすぐに考えを改めた。

「アンランクの俺が日本トップのアヴァロンに田中さんの紹介で入るなんて、コネ入社以外の何物でもないじゃないですか。田中さん俺のランクお忘れですね」

「……そうだな、すまない」

田中さんが少ししょんぼりしてしまった。

俺はアンランクであり、魔力をほとんど持たない覚醒者。

それを忘れられては困る。こんな俺が日本トップギルドに入ったら虐《いじ》められるか田中さんの血縁だと噂《うわさ》されてしまう。

だから、俺は決めていた。

「だから俺、強くなります」

「え？」

「強くなって、本当に攻略者として俺を誘いたくなったらもう一度誘ってくださいね」

俺は田中さんに握手を求めた。

田中さんは驚いた顔と、そしてもう一度笑顔になって俺の手を握る。

「普通ならありえない話だが、なんだか信じてしまうな。1週間前よりも強くなったか？　灰君」

「少し目が良くなっただけです」

俺はニッコリ笑顔を返す。

そのあと合流してきたみどりさんにもみくちゃにされたのは言うまでもない。

「あ、田中さん！　1つだけお願いが！」

「あぁ！　何でも言ってくれ！」

「俺、武器が欲しいんで、いい店紹介してください!!」


「はい、では参加報酬の100万円をお振込みいたしました！」

俺はその後、日本ダンジョン協会東京支部に来ていた。

田中さんが協会に連絡し、俺が金色のキューブで生還していたことが伝えられている。

失効していた攻略者資格証も元通りだ。

騒がれるかもしれないと思ったが、案外手続き上のミスとして済まされた。

「ありがとうございます！」

俺は頭を下げてダンジョン協会を後にする。

そして向かった先は、まるで宝石店のような綺麗《きれい》な外装のお店。

東京の一等地にあるそのお店は、俺なんかとは一生無縁だと思った高級店。

名前は『フォルテ』。

魔力を付与された装備品の最高級品を置いてある店だ。

フォルテはアメリカのブランドだが、世界中に展開されている。

ここはその日本支店、武器職人と呼ばれる、魔力を魔物の素材に付与したり、金属に付与できる人が働いている。

「うわぁ……場違いだぁ……」

相変わらず半袖短パン元気っこの俺はスーツやかっこいい装備の攻略者達の中で浮いている。

「いらっしゃい――」

店員の女性が俺を見るなり、店間違えてませんか？　という顔で見つめてくる、俺もそう思う。

「あ、あの……田中《たなか》さんから紹介されてきたんですけど……」

「え？……あ、お待ちしておりました!!　しょ、少々お待ちくださいませ!!」

その言葉を聞くなり、一瞬で態度を変える女性店員。

これが虎の威を借るキツネの気分か、将軍の印籠を掲げたような気分になるな。

俺は田中さんからこの店を紹介された。日本トップギルドの副社長、つまりはフォルテブランドのお得意様中のお得意様だ。

するとその女性に代わり、別の店員が現れる。

灰色のスーツを着こなして、出っ張った前歯が特徴的なセールスマン。

これでもかと揉《も》み手《で》をしていて、手から火でも出そうとしているのだろうか。

「初めまして、天地《あまち》様。私店長の根津《ねづ》と申します」

名刺をもらって俺は、はぁという生返事をする。

まさか店長さんまで出てくるとは。俺は装備を見られたら十分なんだけどな……。

「田中様からお聞きしております、ささ、どうぞ！　武器は何系統をご所望ですか？　杖《つえ》から短剣、ハンマーまで何でもそろっておりますよ」

「あ、ありがとうございます。じゃあ……剣を。これぐらいの」

俺は腰に差していた剣を見せる。

国から支給された、魔力が付与されている低品質のロングソード。

それでも半年近くつかって手にはなじんでいた。

「ロングソードですね。一番人気でございますよ！　ささ、剣はお二階《にかい》でございます。ご自由にご覧ください、お手に取りたい場合はお申し付けくだされば」

どうやら自由に見て良いそうだ、よかった、俺は服を選ぶときは一人で選びたい派なんだ。

そして俺はショーケースに並べられている、まるで装飾品のような装備を見る。

その武器を見つめると。

「最強の目利きスキルだな……」

武器のステータスが表示された。

実はアヴァロンのロビーで攻略者を眺めているときに気づいていたのだが。

どうやら俺は人間、キューブ、そして魔力を使って作られた装備品のステータスを見ることができるようだ。

例えばこの剣。

属性：魔力武器
名称：ハイウルフの牙剣
効果：攻撃力＋１２０
説明
ハイウルフの牙を用いて、鋼と高純度の魔力で練り合わせた剣

このハイウルフの長剣なんてものすごく強い。

一際美しいその真っ白な剣に俺は見惚《みと》れて見つめていた。

それにステータスも大変優秀だ、正直めっちゃ欲しい。

攻撃力が＋１２０、俺のロングソードの数倍以上。

この剣で、俺１２０人分の力があるって俺弱すぎないか？

他を見渡せばさらに強い装備ももちろんあるのだが、俺はこの剣が気に入ったので触ってみようと思う。

「あ、すみません。ちょっとこのハイウルフの牙剣触ってもいいですか？」

「おぉ、お目が高い。牙を使用しているとは記載されていないのに、よくご存じで！」

すると根津さんがショーケースから長剣を取り出す。

確かに、ハイウルフと書いてあるけど、牙とは書いてなかったな。

やっちゃったと思ったが、まぁ目利きだとごまかしておこう。
俺はその剣を握る。重さは今よりも若干軽い気もするがそれでも十分な重量感。
すごくしっくりくるし握りやすい。これならホブゴブリンだって簡単に貫けそうだ。
というか攻撃力+120の力を感じる、これが力か。
俺はそのまま自分のステータスを見た。

名前：天地灰
状態：良好
職業：なし
スキル：神の眼《め》、アクセス権限Lv1
魔　力：5
攻撃力：反映率▼25%＝1＋120
防御力：反映率▼25%＝1
素早さ：反映率▼25%＝1
知　力：反映率▼25%＝1
装備
・騎士の紋章
・ハイウルフの牙剣＝攻撃力+120

「ステータスが上昇してるか……」

装備を持つだけで圧倒的に力が増した感じがする。

ならばとステータスを見ると、やはり俺のステータスに追加されているようだった。

装備という項目に攻撃力が＋１２０されていると記載されている。

「それにしてもすごい……１２０か、俺の魔力の24倍か」

「どういたしました？」

俺が独りでつぶやいたのを不思議に思った根津さんが、首をかしげて不思議そうな顔で見る。

「あ、いえ！　いい剣ですね！　お値段は……」

「はい、そちら２４００万円となります。他に比べると大変お買い得ですよ！」

「ぶっ!!」

俺は思わず噴き出した。

２４００万円!?　無理無理無理!!

１００万円あれば相当いいのが買えると思っていたが桁が全然違う。

しかし俺のその様子を見て根津さんが信じられないことを言う。

「ごほん！　で、ですが、なんと本日に限りそちらの商品が90％オフとなっております！」

「はぁ!?　90％オフ？」

「はい、本日在庫処分のために90％オフとなっております。ですのでそちらの商品ですと240万円となりますね」

「す、すごくお得ですね」

「はい、どうです？　そちらの剣がお気に召しましたか？」

「え、えぇ。ですがちょっと……それでも高いですね……俺ではとても……」

「そうですか……失礼ですがご予算は」

「じ、実は100万円ぐらいしかなくて……お恥ずかしいですが……」

するとと根津さんが、咳払《せきばら》いする。

「ゴホン！　失礼しました、そちらの商品は傷物でしたので96％オフです。ですので96万円ですね」

「傷なんて……って96％オフ!?」

「はい、本日のみのスペシャルプライスです」

「か、買います！」

俺は騙《だま》されているのかと思いながらも即決した。

「ありがとうございました!!」

大きな声で根津さんにお辞儀されながら送り出される。

96万円と大変な買い物だったが、これほどお買い得な商品もないだろうと即決した。

何か裏で力が動いていたような気がするが、気にしないことにしよう。

なんとなく頭に眼鏡のニヒルな笑いがちらつくが忘れよう。

俺は上機嫌でお店を後にした。

◇田中視点

「はい、田中様。先ほどお買い上げされました。2400万円の品ですがよろしかったのでしょうか」

灰《かい》を見送りながら、店の外で根津は田中に連絡する。

「なんだ、君の店では安いぐらいだな。まぁ本人が気に入ったのならいいか……とりあえず差額は振り込んでおくよ。意外とばれないものだね。いや、ばれていてそれでも黙っていたのかな。ふふ、彼らしいな。素直に受け取ってくれればいいのに。ありがとう、助かったよ」

「いえいえ、私共としては大したお手伝いもできませんで……それにしてもあの少年。田中様がそれほど目を掛けるとは……まさかS級ですか!?」

「はは、違うよ。彼はアンランクだ」

「アンランク!? あ、で、ではどこかの名家のご子息様で？」

「いや？ ボロアパートに住む貧乏少年だよ。世間一般でいえばこの社会の下層に位置する少年だ」

「そ、それは……」

「でも」

「でも？」

「私の勘が……言っているんだ。彼を絶対に手放すなと。ふふ、これはただの勘だがね。だが人を見る目には自信がある」

その田中の一言を聞きながら根津は遠くに見える少年の後ろ姿を見つめる。

何のとりえもなさそうな、どこにでもいる普通の青年を。

◇灰視点

「いやーいい買い物ができた！　これならE級ダンジョンもソロ攻略できるんじゃないか？」

俺はそのうっとりするような真っ白な剣に頬擦りする。

白くて、まるで雪のようなロングソード。

しかし鉄よりも鋭く、固く、そして軽い。

今にも舐《な》めてしまいたいほど綺麗《きれい》だが、剣を路上で舐めるなんて昭和のヤンキーしかやらないので自重する。

街中で剣を腰に差しているのも攻略者資格を持つ俺だから許される特権だが。

「とりあえず、凪《なぎ》の様子を見に行こう……寂しがってるかな」

俺はそのまま病院へと向かった。

病院につき、面会したいと受付の方に言うと伊集《いじゅういん》院先生が下りてきた。

そして俺を抱きしめる。

「灰君!!」

「伊集院先生！」

「田中《たなか》さんという人から連絡をもらったが……生きていてよかった……本当に。この仕事をしていると別れはいつも突然だが、生き返ったのは君が初めてだよ。本当によかった。まったく書類上の不手際とはいえ、君の死は日本中に流れてしまったぞ。いや、本当によかった」

「はは、すみません。1週間自宅で寝込んでたらこんなことに」

俺は田中さんと決めた言い訳を答える。

俺はダンジョン攻略したあと、疲労とケガで1週間自宅で寝込んでいたということにした。

細かいところを指摘されるとすぐに嘘《うそ》だとバレるのだが、まぁごり押せるだろうと。

田中さんが協会の偉い人ともつながりがあるそうで、うまくやると言っていた。とりあえず任せよう。

「そうそう、田中さんね、友人だそうで。すごい人と友人だね。凪ちゃんは動けないことを除けばとても良好だよ、1週間会えずにとても心配していると思うから早く声をかけてあげてくれ……案内しよう」

俺はそのまま伊集院先生に連れられて最上階へと向かう。

「これは……すごいな」

俺がその最上階の一室に入ると、凪を介護してくれているのだろうか、40代ぐらいの女性が何かを読み聞かせていた。

それだけではない、ここはどこの高級ホテルだというほどに快適な空間だ。

すると俺に気づいたそのおばさんが立ち上がり、挨拶をしてくれる。

「あ、こんにちは。私ギルドアヴァロンから派遣されています、AMS専用介護サービス会社の山口《やまぐち》です」

「あ、どうも……兄の天地灰《あまち》です」

出会いがしらに名刺を渡された俺。どうやらこの40代ぐらいの山口さんはAMSで動けない人専用の介護を行う会社から派遣されているようだった。

「凪さんのお世話を色々させていただいてます。最上級のサービスを依頼されてますので、ほら！　少女漫画の朗読サービスです。これぐらいの年代の女性に人気作品をたくさん用意してますよ！　それに有名動画から映画まで何でも取り揃《そろ》えております！」

「あ、ありがとうございます。すごいサービスですね」

「ええ、せめて声をかけ続けることぐらいしかできませんから……あ、では私は少し外に出てますんで！」

「私も戻るよ、灰君」

そう言って山口さんと伊集院先生は、外に出る。

気を利かせてくれたようで、俺は凪の隣へと向かった。

顔色がよく本当にただ眠っているようだった。

「凪……ごめんな、色々あって1週間もこられなかった」

俺は凪の横に椅子を持ってきて座る。

そして凪を見つめながら、頭をなでた。

1週間前と何も変わらずとても可愛《かわい》い妹の寝顔だった。

凪のステータスはどんなのだろうか……覚醒してすぐに発症したから魔力測定もしていないし。

俺の神の眼を発動させて、凪のステータスを見た。

そして腰を抜かしそうになる。

「……はぁ？」

名前：天地凪
状態：筋萎縮性魔力硬化症（AMS）
職業：魔術師（治癒）【下級】

スキル：治癒魔法
魔　力：１８７５０
攻撃力：反映率▼25％＝４６８７
防御力：反映率▼25％＝４６８７
素早さ：反映率▼25％＝４６８７
知　力：反映率▼75％＝１４０６２

「凪……お前。A級だったのか、しかも魔術師の治癒……」

魔力測定値で1万超え、それがA級と呼ばれる国家戦力とすら呼ばれる覚醒者。

ただし、A級の中では下位に位置するが、それでもこの世界の圧倒的上澄みに存在する力。

そして、職業が魔術師（治癒）。とても貴重な存在でありみどりさんと同じ。

何人か覚醒者を見て分かったのは、この職業というところに魔術師や、武器職人、剣士などがある。

その中で凪は一生食っていけるほどのレア職業。

戦闘には向かないが、パーティーには一人はいてほしい存在だ。

凪のステータスを見た俺は、自分の妹がはるかに自分よりも強いことに気づく。

「それに……」

状態に筋萎縮性魔力硬化症と書かれていた。

どうやら、この眼《め》は病気ならその症状も教えてくれるらしい。

この名前をつけたのは人間のはずだが、そういえばライブラリを種族人間に併合とかいってたな。

俺はその文字を憎らしく見つめる。

意識して、強く、真っすぐと。するとそれは現れた。

「え？」

ステータスの筋萎縮性魔力硬化症の文字の横にもう1つポップアップが現れた。

属性：病
名称：筋萎縮性魔力硬化症
説明：魔力が枯渇し、筋肉への神経伝達が到達しない病
治療法：現在のアクセス権限Lvでは参照できません。

それは詳細。筋萎縮性魔力硬化症の、まだ誰も知らない詳細が載っていた。

治療法という今はまだ見ることができない項目と共に。

今はまだ。

「詳細!? 筋萎縮性魔力硬化症について!? そ、それに治療法!?」

俺は驚きながらそのポップアップに顔を近づけ声に出して読む。

そこには筋萎縮性魔力硬化症の詳細と、治療法にはアクセスできないとの文字が記載されていた。

「詳細……これステータスの中、さらによく見たいものは、注視すると詳細が出るのか」

どうやらステータスの中でより詳しく知りたいものは注視することで詳細が表示されるらしい。

といってもすべて表示されるわけではなく特定のものだけのようだが。

職業やスキルなんかも詳細が出る。ただしアクセス権限が足りないと言われる場合もある。

「アクセス権限……このよくわからないスキルのレベルが上がれば……筋萎縮性魔力硬化症の治療法がわかるのか!?」

俺には神の眼とアクセス権限というスキルがある。

あの金色のキューブを攻略してもらえたスキルだが、アクセス権限はＬｖ１。

「スキルのレベルの上げ方はわからないけど……きっとダンジョンだ」

この世界にはスキルというものは認知されている。

しかしスキル名も正しい効果もわからずに、使えるものはなんとなくで使っている。

例えば、挑発という有名なスキルはダンジョンの魔物達《たち》のヘイトを集めることができる。

ただし、正式名称が挑発かどうかはわからない。

なんとなく使える人がそう呼び始めたというだけだ。

俺ならステータスが見えるのでスキルの名前はわかるだろう、いや、多分既に人がつけた名前はそっちが表示されるのかな？

「ダンジョンを攻略して、スキルが強くなったというのは聞いたことがある。なら!!」

俺は希望を抱いた。

誰もわからなかった筋萎縮性魔力硬化症、世界で数百万人が苦しむこの不治の病の治療法がわかるかもしれない。

そうすれば凪は目を覚ますことができる。

暗闇の中で、自分の身体に閉じ込め続けられる凪を助けてあげられる。

俺は凪の手を強く握った。

相変わらず冷たい。

それでも生きている、そしてもう一度笑ってくれる可能性は残っている。

「俺が助けるからな、凪。もうちょっとだけ待っててくれ。絶対助けるからな。そしたら」

俺は再度、何も返さない凪《なぎ》に誓った。

「またいつもみたいに笑ってくれよ」

「じゃあ伊集院先生、それと山口さん。よろしくお願いします」

「あぁ、任せてくれ。といっても私にできることは限られるが」

俺は伊集院先生と介護サービスの山口さんに挨拶をして病院を後にする。

すでに時刻はお昼を回っていた。朝家で目覚めてから意外と時間が経《た》っていない。

「ダンジョンに潜りたい。それに完全攻略して報酬を得て強くなりたい。そうすればもっと上のダンジョンにいけてスキルが上がるかもしれない」

俺はダンジョンに潜ることを決意した。

この2400万円する剣ならE級のダンジョンだってソロでもなんとか攻略できるはずだ。

でもそれには。

「ダンジョンポイントがネックだよな……」

ダンジョンポイントとは、ダンジョン協会が定めた鉄の掟《おきて》だ。

ダンジョンに潜ることを申請する場合の条件で、メンバーの強さによって割り振られる。

ダンジョンに潜るには、その総ポイント数が10ポイントになる必要がある。

例えば、E級ダンジョンに潜ろうと思ったら、E級の攻略者で2ポイント振られる。

つまりはE級が5人いればいいということになる。

そこから参加する攻略者の等級が上がるごとにプラスで2ポイント増える。

なのでE級ダンジョンにD級攻略者が参加する場合は4ポイントとなり、D級が2人、E級が一人で合計10ポイントとなるということだ。

C級ならば6ポイントなので、C級一人とD級が一人、もしくはE級が2人いれば申請可能となる。

ならアンランクは？　もちろん0ポイント。

いても居なくても変わらないという扱いだ。

これがダンジョンに潜ることを協会に申請するためのルール。

もう少し細かい部分もあるのだが、基本的にはこのルールだ。

命の危険のあるダンジョンにソロで勝手に潜っていいわけがない。

ダンジョンで大量に死傷者を出してきた協会が定めた鉄の掟。

そして協会に申請せずにダンジョンに潜るとそれは、密猟と同じ。

ダンジョンの資源を奪っているようなものだ。

バレたら国家資格の攻略者資格証を剝奪されかねない。

下手をすれば犯罪として、実刑をくらうかもしれない。

「……さて、どうしたものか。でもなー。完全攻略報酬がなーー」

俺は考える。無断でダンジョンに入るのは犯罪だ。

だが、今日色々キューブのステータスを見て思ったのは、大体のキューブの完全攻略はソロで攻略することが前提となっている。

「うーん……剝奪されても……うーん」

今までルールを守ってきた人生で俺は初めてルールを破ろうとしている。

それはとても抵抗があった。例えるなら万引きするような感覚。

それでも、俺は決意する。

「俺はルールより凪を優先する！　ばれたら……謝って田中《たなか》さんに縋《すが》ろう！」

俺は開き直ることにした。

何よりも優先すべきは凪のことだ。

ルールを守るよりも守りたいものがある、絶対に譲れないものがある。

それに上位ダンジョンならいざ知らずE級ダンジョンならそれほど怒られないだろう。

動く金はそれほど多くないからだ。

たとえるなら万引きと銀行強盗。

上位キューブともなると一回の攻略で億の金が動くが、E級のダンジョンなら数万円ほど。

だから俺は、

「がんばるぞ!!」

ソロ攻略を目指すことを決意した。

といっても、ばれたくはないので人が少ない田舎のダンジョン攻略を目指すことにした。

こういうところは小心者だなとは思ったが、ばれないに越したことはない。

俺は協会に戻り、パソコンを借りて日本のキューブの場所一覧を参照する。

「えーっと？　結構あるんだな。Ｅ級だけで国内に２００個以上ある……」

日本全国にはＥ級キューブが２００個以上存在していた。

東京でばかり活動していた俺は田舎の事情をあまり知らないが、どうやって攻略しているんだろうか。

田舎といっても東京から少し離れるだけの場所。

日本地図を見ていると、日本は大部分が田舎といってもいいだろう、森ばっかりのこの国。

そこで俺は地図上の１つの場所を見つめる。

田舎というか山？　俺は東京から富士山の方へ向かった近くの村にあるキューブに狙いを定めた。

「えー場所は、島村？　洋服売ってそうだな」

俺はその島村のキューブを内緒で完全攻略することを決めた。

ここから電車やバスを乗り継いで、３時間ほどでつくようだ。

早速身支度をして、出発することにした。

正直なところ、この剣で試し切りがしてみたいという少し血なまぐさい理由もあるのだが。

「まぁ、ワクワクするのは男だし仕方ないよな」

辻斬《つじぎ》りの気持ちが少しだけわかったが、さすがに人に向けるほどではない。

俺は片道3時間の旅に出発する。

特に何も予定せずに出発するなんて一人旅みたいでワクワクするし、お金は貯金していたものを切り崩せば問題ない。

幸い治療費については、田中さんが負担してくれているので結構余裕があったりする。

電車で揺られること2時間、そしてバスで揺られること1時間。

特に何もない公共機関を使った移動を経て、俺は島村に到着した。

あたりを見渡すと、数時間前までいた場所と同じ世界なのかと思うほどに田んぼと背の低い民家が並んでいた。

「うーん、空気がうまい！　これぞ田舎！　まるでタイムスリップしたみたいだな」

川のせせらぎすら聞こえてきそうなほど、のどかな田舎。

セミの鳴き声がうるさいが、それでも空気が美味《お》しい田舎の匂い。

都会の喧騒《けんそう》を忘れさせてしまうほどに、自然の音しか聞こえない。

といっても行き当たりばったりできてしまったが時刻はすでに夕方の4時。

「よし、暗くなるまえに頑張るか！」

俺はそこからキューブまで走った。

アンランクの俺は普通の人間と変わりないので休み休みだが、なんとか目的地についたようだ。

人里離れた山の中、そこにキューブは静かに佇《たたず》んでいる。

周りは切り開かれて、森の中だが広場のようになっている。

多分定期的に攻略者がダンジョン崩壊を起こさないように対応しているみたいだ。

「お、これがここのキューブか。青……よし、E級だな」

俺はそのサファイアのように怪しげに光るキューブを見つめる。

するとと東京のキューブと同じようにステータスが表示された。

残存魔力：43／50（＋1／24h）
攻略難易度：E級
◆報酬
初回攻略報酬（済）：魔力＋10
・条件1　一度もクリアされていない状態でボスを討伐する。
完全攻略報酬：現在のアクセス権限Lvでは参照できません。
・条件1　ソロで攻略する。
・条件2　100体以上のブルーベアーを討伐する。

・条件３　ボスを１分以内に討伐する。

「……ブルーベアー。それなら最弱の魔物だし俺でもなんとかなるか」

ベアー種と呼ばれる、まるで動物の熊のような種族。

通称獣種とも呼ばれるそれらは、狼《おおかみ》や熊、獅子《しし》まで多くの種類がいる。

そしてそれらはキューブと同じ色で現れることが基本だった。

もちろん、熊と呼ぶには程遠いほどに殺意ましましの見た目をしているが。

それでも何に似ているかと言われると熊だろう。

そしてブルーベアーは、その熊の中で青い見た目の最弱種。

カラー種とも呼ばれるキューブごとの個体は、色以外は見た目は同じだが、強さが色によって圧倒的に変わる。

それでもこのE級のキューブと同じ青色は最弱カラーとも呼ばれ、俺でもなんとかなるはずだ。

「そういえば、この残存魔力だけど50までいって最大値になるともしかしてダンジョン崩壊を起こすのか？　だとすると魔物を倒したりボスを倒したりすればこの残存魔力が減って、猶予が延びると。そう思えば辻褄《つじつま》が合いそうだ」

定期的にダンジョンの魔物を倒したりボスを討伐して休眠モードにしなければいけない。

その結果多分この残存魔力が消えるのではないかと俺は推測した。

それも検証できそうならしてみようかな。

「さてと、行くか。なんだろう、今までなら怖くて二の足を踏んでたのに。この武器のおかげかな？　それとも……」

俺はそのキューブに全く臆さずに近づいた。

E級とはいえ、以前までの俺なら怖くて一人で入ることもできなかっただろう。

なのに、今は負ける気がしなかった。

もちろん、この俺には分不相応の装備のおかげもあるのだろう。

でもあの金色のキューブの中で、本当の死というものと向き合って、それでも自分の意志を貫き通せたからかもしれない。

あの勝てる気がしなかった魔物達《たち》に比べたら、最弱のブルー種なんかに恐怖はない。

心臓が高鳴り、ドキドキし、緊張する。

それでもこの感情は恐怖なんかじゃないとわかる。

「……よし、いくか!!」

俺はそのキューブに触れた。

凛《りん》とした音と共に美しい壁が青色に波打って俺を優しく迎え入れる。

この日俺は初めてのソロダンジョン攻略を開始した。

恐怖はない、あるのはただ1つ。

この胸の高鳴りだけ。

「洞窟タイプか……少し暗いな、でもギリギリ見えるか」

俺はその狭苦しく息が詰まりそうな空間で目を開く。

周りが石で囲まれた、これぞダンジョンというような洞窟だった。

ダンジョンにはさまざまなタイプがある。

洞窟のような場所、神殿のような人工物、まるで異世界のような雪山や、草原。

ダンジョンとは名ばかりで、むしろ異世界と言った方がいいかもしれない。

いや、元々は異世界の大迷宮と呼ばれていたがダンジョンと呼ぶ方がわかりやすいので今ではダンジョン呼びで定着している。

「さてと、単純に攻略するだけじゃダメなんだよな。とはいえ、作戦は命大事に。無理はしないでおこう」

俺は一人でダンジョンを進む。

このダンジョンは既に踏破されており、地図も作成されている。

俺はスマホにダウンロードしておいた、地図を開く。

この通りに進むことができれば2、3時間で攻略可能だろう。

俺は腰に据えた剣を握りしめて警戒しながら進む。

すると物陰から涎《よだれ》を垂らした青い熊が現れた。

肌はくすんだ青色、大きさは俺とほぼ同程度。

ブルーベアー、最弱色と呼ばれる青で、通常の熊よりも少し小さいぐらいか。

それでも通常の熊ですら人が素手で敵《かな》う道理はないのだが、今の俺にはこの剣がある。

「そういえば、魔物ってステータスは見えるのか？」

俺は意識してブルーベアーを見つめる。すると予想通りステータスが見えた。

名前：ブルーベアー
魔　力：10
攻撃力：反映率▼40％＝4
防御力：反映率▼20％＝2
素早さ：反映率▼40％＝4
知　力：反映率▼０％＝0

「そうか！　見えるのか！　素の俺よりは強いけど……見た目より結構弱いんだな、なら……ふぅ……よし！」

俺は剣を構えて、中腰になる。

ステータスを見るに、俺よりも強いが、この剣を装備した俺よりは大分弱いようだ。

そしてブルーベアーが俺を見つけ、涎を垂らしながら駆け出した。

今までなら俺は及び腰になっていただろう、思わず目を閉じていたかもしれない。

でも、今は違う。

「遅く見える、いや違うな。目をそらさないだけか」

俺にはブルーベアーの動きが良く見えた。

神の眼《め》のせいかと一瞬思ったが、違った。

落ち着いて一挙手一投足に集中することができているだけ。

ただ目を逸《そ》らさない。

それだけで世界は変わって見えた。

「あの糞《くそ》悪魔天使に比べれば!!」

あの恐怖の権化のような、悪魔のような天使達に比べれば、ブルーベアーなんて。

「ただの獣だ!!」

俺はブルーベアーを上段からの叩《たた》きおろしの一撃で切り裂いた。

この武器で強化された俺の攻撃力は、Ｅ級の最弱の魔物を一撃で殺す。

「ふぅ……なんだろう。強くなったのかな」

俺はその戦闘に確かな手ごたえを感じていた。

武器は確かに強くなったので攻撃力は上昇している。それでも一撃を入れるまでの過程は明らかに今までの俺ではなかった。

高地トレーニングとでもいうのだろうか。

ブルーベアーが本当に弱く感じたし、負ける気は一切しなかった。

といっても油断はいけない。

俺のステータスの防御力は一切変わっていないのだから。

「お、おかわりきたか。魔力石は……拾うのはやめとこうか、協会になんて説明したらいいかわからないし」

俺がブルーベアーの死体を見つめながら自身の強さを再度確認していると、物陰から2体のブルーベアーが現れる。

俺は同じように構えた。2対1でも今なら負ける気はしない。

いつもなら魔力石は拾うのだが、協会で換金する際に説明できないので諦めることにした。

~1時間後。

「ふぅ……これは結構大変だな、でも……ふん！」

俺は60体目のブルーベアーを討伐していた。

ボスの部屋はすでに見つけている。しかし完全攻略の条件はブルーベアーの100体討伐だ。

そのためにダンジョンを隅から隅まで探索し、ブルーベアーが隠れている場所を探す。

気分は、某狩りに行こうぜゲームで同じ魔物をたくさん狩るクエストのために探し回るときと同じだった。

なかなか見つからない。くそっ、どこだ最弱熊。

「そりゃ、今まで完全攻略する人が中々いないわけだ。ソロでしかも１００体ってダンジョン内の魔物全部でも足りないかもな……」

俺はさらに探し回るが、90体を超えたあたりからほとんど見つからなかった。

長丁場になることを想定してコンビニで買っておいた水とおにぎりを広げて俺はダンジョンに座り込む。

時刻はすでに夜8時を回っている。

「あと5体か、もう少し粘ろう……」

疲労はそれほどないが、それでも１００体というのはシンプルに物量が多い。

「お!?　きたぁ!!」

それでも粘って俺はダンジョンを探し回る。

すると5体のブルーベアーが群れになって洞窟の水辺のような場所にいた。

俺は喜びから奇声を上げそうになるのを必死に抑えて、ブルーベアーに向かって剣を振り上げる。

もはや戦って勝つというよりも、発見できることの方が嬉《うれ》しいあたりどれだけ探し回ったかが窺《うかが》える。

「これで１００!!」

１００体目のブルーベアーを倒し俺は勝利した。

ここまで倒すと癖も見抜き、5対1でも余裕すら感じられる。

『条件2を達成しました』

「お、教えてくれるのか。親切だな」

すると脳内に、あの無機質な音声が鳴り響いた。

キューブを攻略した時に聞こえる声、俺達は天の声と呼んでいるが、その声が完全攻略の条件2達成を教えてくれた。

「よかった。ボス倒した後に数え間違って、実は後一体足りてませんとかだったら泣くところだった」

俺はその報告に小さくガッツポーズしながらボスの部屋へと向かった。

ボスはどのキューブも同じく大きな扉の先にいる。

直接はE級のボス扉しか見たことはないんだが、他のボス扉はネットの画像で見たことがある。

豪華というか荘厳というか、等級が上がるごとに大きくそして禍々《まがまが》しさも強くなっている。

俺は肺から酸素を吐き出し、思いっきり補給する。

怖くはないが、それでもボスだ。

深呼吸し、先ほどまでの緩い気分を切り替える。

Ｅ級のボス、つまりあの左手を折られたホブゴブリンと同等の相手。

「よし！」

俺は扉を開けて中に入る。

四角くて広い部屋は青い炎を灯《とも》した松明《たいまつ》が薄暗く照らす。

その中央には、ブルーベアー達のボス。

くすんだ青色の毛だったブルーベアーとは違い、その毛の色はまるでキューブのように
サファイア色。

その綺麗《きれい》な色から高級服の素材としても需要が高い美しい青。

「サファイアベアー……大きいな。俺よりも一回り大きい」

眠っていたサファイアベアーは、俺の登場に気づいたようで、ゆっくりと立ち上がる。

涎を垂らし、俺を見る。

名前としては知っていたが、初めて見るその宝石のような熊は確かに美しさと強さが両立していた。

俺はハイウルフの牙剣を構える。

魔物の強さとしては遥《はる》か上位のＣ級の魔物ハイウルフ。

その素材を使われた武器を見てか警戒するサファイアベアー。

そして狼《おおかみ》のような遠吠《とおぼ》えと共に戦闘は始まった。

俺は最初から全力を出す。なぜなら条件３は１分以内のボス討伐。

様子を見ているような暇などないからだ。

互いに走り出した俺達は交差する。

サファイアベアーの噛《か》みつき。俺は下に躱《かわ》す。

想定通りだった。

ブルーベアーを100体狩った俺は、戦闘のコツ、そして癖を摑《つか》んでいた。

あいつらは噛みつけるものが目の前にあれば切り裂きよりも噛みつくことを優先する。

だから俺は正面からギリギリまでよけなかった。

案の定俺の喉元への噛みつきを繰り出したサファイアベアー。

選択肢が狭まり、想定していたとおりの軌道を描いた噛みつきならば避けることは容易だった。

熊の顎下に俺はしゃがむように躱し、足の力と合わせて下段から喉元へと剣を思いっきり突き刺した。

そのまま刺さった剣に力を入れてサファイアベアーの脳天までを貫いた。

声を上げる間もなく俺に体重を預けるようにサファイアベアーは絶命した。

「倒せた。ちゃんとしっかりと考えて倒せたんだ。俺が……アンランクの俺が!!」

俺はサファイアベアーを横に置いて、血で汚れた剣を払う。

初めてのボス攻略を終え、少しだけ強くなったような感じがした。

それはきっと気持ちの持ちようなのだろうが。

『条件1、2、3の達成を確認、完全攻略報酬を付与します』

ボス討伐と同時に流れたのはいつものシステム音声。

その音声が知らせるのは狙い通りの完全攻略報酬だった。

「よし!!」

俺は小さくガッツポーズする。

と同時に光の粒子が俺を包んだ。

「……お？　戻ってきたのか。報酬が何かは教えてくれないんだな」

目を開くといつものボス討伐後のキューブの中だった。

キューブの煌《きら》めく壁がゆっくりと倒れて休眠モードとなる。

「んで……本当に報酬はもらえたんだろうか」

俺はその壁を見つめ、ステータスを表示させる。

残存魔力が0になっているので、やはり予想どおりこの残存魔力がダンジョン崩壊までのリミットを表しているようだ。

残存魔力：0／50（＋1／24h）
攻略難易度：E級
◆報酬
初回攻略報酬（済）：魔力＋10

・条件1　一度もクリアされていない状態でボスを討伐する。

完全攻略報酬（済）：魔力＋30、クラスアップチケット（初級）
・条件1　ソロで攻略する。
・条件2　100体以上のブルーベアーを討伐する。
・条件3　ボスを1分以内に討伐する。

「報酬は……魔力!!　やった！　魔力だ！……確かに強くなった気がする……か？　それにクラスアップチケット？　ん？　これか？」

完全攻略報酬は、魔力が＋30。
そして、クラスアップチケット（初級）というものがもらえたらしい。
俺があたりを見回すと、すぐ足元にブロンズ色のチケットのようなものが落ちていた。
俺はそのチケットを手に取って見つめる。

属性：アイテム
名称：クラスアップチケット（初級）
効果：10枚集めると、職業のクラスアップ試験が開始される。

「クラスアップ試験？……俺のステータスに書かれているこの職業なしってのが変わるのか？　なんだ無職に対する罵倒じゃなかったのか」

俺は自分の手を見つめてステータスを確認する。

名前：天地《あまち》灰《かい》
状態：良好
職業：なし
スキル：神の眼《め》、アクセス権限Lv1
魔　力：35
攻撃力：反映率▼25％＝8＋120
防御力：反映率▼25％＝8
素早さ：反映率▼25％＝8
知　力：反映率▼25％＝8
装備
・騎士の紋章
・ハイウルフの牙剣＝攻撃力＋120

「本当に魔力が上がってる。俺……強くなってる！」

俺は自分のステータスを見て、両手でガッツポーズを作る。

魔力5だったものが、魔力35になっていた。

魔力10以上、それはE級の条件。

つまり今俺は長年蔑まれてきたアンランクの称号を返上し、E級へと昇格した。

「この調子でいけば俺は……」

俺は嬉しくなって次のダンジョンに向かおうとした。

だが、すでに時刻は20時を回っており、今日はもう難しい。

焦ってもいいことはないだろうと、この日は家に帰ることにした。

帰りも3時間かけて我が家のボロアパートへと帰る。

しかしその日の足取りはいつものダンジョン帰りとは違っていた。

強くなれる。

どれだけ努力しても届かないと思っていた上位の攻略者達《たち》。

神にも等しい存在達にも、いずれは自分は触れることができるのではないか？

S級、そしてさらにその上すらも。

俺はこの神の眼の可能性と、自分に与えられた意味を考えながら胸を躍らせ眠りにつく。

あの日から俺はダンジョンを周回した。

どんどん強くなる俺は、もはやE級ダンジョンの敵に脅威を感じなくなる。

四日ほどダンジョン周回を繰り返し、すでに合計で9つのE級ダンジョンを攻略していた。

残すところあと1つで10個のダンジョンを攻略することになる。

クラスアップチケットも9枚集まり、あと1枚で10枚揃《そろ》うところまできていた。

「さぁ、ここで10個目。これが終わったらクラスアップチケット使ってみるか？　昇格試験ってのがどんなのか気になるし……」

時刻は夕暮れ時。

太陽が落ちて、オレンジ色の空が綺麗な時間。

俺は目標枚数が集まりそうなクラスアップチケットの使用について頭を悩ませながらも、目的の無人駅に降り立った。

駅員さんもいない、無賃乗車がいくらでもできそうな駅で俺は降りる。

あたりを見渡すと、視界を遮るものは山以外何もなかった。

「この村にE級のキューブがあるのだけは協会の情報でわかったけど、場所が書いてなかったんだよな……村の人に聞いてみるか」

なぜかこの村のキューブの詳細は協会の攻略者専用サイトには載っていなかった。

四方を山に囲まれて、完全に外界と遮断された村で、盆地。

この村だけ世界に取り残されているような、都会住みの俺からしたらありえない光景だった。

屋根が木造ですらなく、茅葺《かやぶ》きの屋根。川では半袖半ズボンの子供が遊んでいる。

田舎で検索したら真っ先に出てきそうな、どこか懐かしさを感じる風景。

『夜鳴村』

地図ではそう書かれていたが、なんだろう、少し怖い雰囲気があるな。

生贄《いけにえ》とか捧《ささ》げてそう。偏見で申し訳ないのだが。

俺が駅に張られた地図を見ていると、突然話しかけられる。

俺は癖ですぐに身構えてしまった。しかしそこには。

「あ!! も、もしかして攻略者の方ですか!?」

制服の女の子が手を振っていた。

「は、はい？」

いきなり話しかけられた俺は挙動不審になってしまう。

年は中学生ぐらい？ 凪《なぎ》と同じぐらいの身長で、どことなく雰囲気が似ていた。

化粧っけがない素朴な感じというのだろうか、悪く言えば垢《あか》ぬけていない。

その姿が家でずっと寝ていて化粧も知らない凪に少し重なる。

「あ、すみません。私この夜鳴村の今井《いまい》渚《なぎさ》といいます」

「今井さん……はじめまして。で、ど、どうしたんですか？」

俺はいきなり話しかけられた理由を尋ねる。

バレたわけではないだろうが、俺はルールを破ってキューブを一人で攻略しているんだ。

少しばかりの罪悪感が俺の鼓動を速めた。

「あ、そうですね。連絡させていただいたんですけど……とりあえず様子からみてもらえますか？」

「様子？」

「はい、キューブのです！」

どうにも話がかみ合わないと思ったが、今井さんはすたすたと歩いていってしまうので後をついていくことにする。

キューブの場所まで案内してくれるのなら好都合だし、この村のキューブの場所は知らなかったので俺はよくわからないままついていくことにした。

足早に急《せ》くように真っすぐ歩いていく今井さん。

その後ろ姿を見て俺は、思わずつぶやいてしまった。

「……凪」

「え？」

「あ、いやなんでもないです！」

身長と髪型、それに後ろ姿と佇《たたず》まい。

雰囲気《ふんいき》が凪と似ている今井さん。なんなら名前までなぎさとなぎで似ているし。

顔はさすがに似てはいないが、それでも化粧っけのない素朴な感じは似ている。

だが凪は素材だけで世界一可愛《かわい》いので、そこだけは違うかな。

しかし後ろ姿は、もしも元気に成長し中学校に通っていたならと想像してしまうほどには似ていた。

その背中に俺は少しセンチメンタルになりながらも、いつか凪も制服を着て元気に歩いて欲しいと思った。

そのためにも絶対にこの神の眼で治療法を見つけなくてはならない。

俺はそのままついていく。

すると村の中心だろうか、そこには何か大きな建物と村人が囲うように集まっていた。

50人ぐらいだろうか。お祭りでもあるのかな？

四角い箱型の建物を囲むように人が集まっている。

まるでキューブみたいだが、プレハブ小屋のようだ。

俺がその建物を見つめていると、一人の老人が俺を見つけて叫び出す。

「渚！　お前!!」

農家のおじいちゃんのような人だ。悪く言えば頑固そう。

それにつられて多くの村人たちが俺を見た。

歓迎されているような雰囲気は一切感じない。

というよりもむしろ。

「ごめんなさい、で、でも！　やっぱりプロの人呼んだ方が!!」

「バカやろう！　村のことは村で解決する！　それが昔からのしきたりだし、そう決めただろうが!!」

するとお爺《じい》さんが俺の前まで歩いてくる。

「よそ者は帰れ、ここは儂《わし》らの村じゃ。盗人《ぬすびと》が。甘い汁を吸いにきよって」

「はぁ？」

いきなり罵倒される俺。だが次々と他の村人達が同じように俺に暴言を吐きながら帰れと浴びせる。

なぜいきなりきて、ここまで罵倒されなくてはいけないのかわからないが、だんだんムカついてきたな。

しかも俺ならまだしも今井さんが滅茶苦茶《めちゃくちゃ》責められている。理由はわからないが可哀《かわい》そうだった。

「で、でも……」

「渚、お前いい加減にしろ!!」

お爺さんがすごい形相で今井さんに拳を振り上げる。

今井さんは、泣きそうな顔で目を閉じた。

しかし、その拳がそのまま今井さんを傷つけることはなかった。

「よくわかりませんが、自分のせいならその拳を下ろしてください。俺は帰りますから」

俺はその拳を受け止める。

お爺さんとはいえ、覚醒者。

もし等級が高かったら今井さんに傷がつく。

といってもステータスは見ていたので、お爺さんはE級、今井さんはD級なので問題ないだろうが。

「よそ者が……しゃしゃり出るんじゃねぇ!!」

お爺さんはその腕を無理やり振り払った。

俺はよくわからないながらも、今井さんに帰りますと言って下がることにする。

俺はそのまま駅へと向かった。

ここのキューブは惜しいが、とてもじゃないが攻略できるような雰囲気ではなかった。

別にキューブはいくらでもあるので俺は他の場所を攻略することにした。

「あ、あの!!」

すると後ろから今井さんが走ってきて俺を呼び止めた。

「すみません、本当に。あ、あとさっきは助けてくれてありがとうございます」

「いや、いいんです。一応何があったか聞いてもいいですか?」

「……それが」

今井さんが俺に事情を説明してくれた。

この村のキューブはこの村にいた覚醒者である村長の孫が一人で間引いていたそうだ。

だが、その覚醒者は海外のギルドに誘われていって今はアメリカにいるらしい。

喧嘩《けんか》別れだったようだが、そういう事情もあり村長はかたくなに外からの支援を求めなかったそうだ。

その喧嘩別れした村長が、あのお爺さんである。

そして明日、いよいよダンジョン崩壊がいつ起きてもおかしくない状態なので村を挙げてダンジョンのボス討伐に行くとのことだった。

「今どきこの日本でそんな村があるんだな……閉鎖的というか」

「なので私がダンジョン協会に連絡したんですが、その……依頼は自治体の代表の方からお願いしますって……で、でも来てくれてよかったです!!」

「あぁ……」

俺は少しだけ罪悪感で目をそらした。

キューブは基本的にダンジョン協会が管理している。

しかし、キューブは既存のものに加えて突如空から降ってくる場合もあるためすべてを把握はできない。

そのため新しいキューブについては、その発見した地方の自治体が連絡することになっている。

「でもあの様子じゃな……」

「……とても失礼なお願いだと思います、で、でもお願いします！　助けてください！　お金はす、少し待ってもらわないといけないですが！　絶対払いますから！」

今井さんは必死に頭を下げて俺を呼び止めた。

あんな仕打ちをされてなんでだろうと、俺は思った。

「なんでそこまで。あんなことされたのに」

「……お願いします。この村の人は私の大切な人なんです。だから……お願いします。お願いします」

俺はその必死の態度に頭を掻《か》きながらどうしたものかと悩んだ。

それでもここまで必死に頼まれてしまうとどうも俺は弱い。

特にこんなに凪に似ている女の子だと、なおさらだった。

お人よしと言われればそうだろう。

でも助ける力がある人が助けを求めている人を助けない。

それを俺は恨めしいと思った過去がある。

身勝手だけど助けてほしいと思ったこともある。

俺なら絶対手を差し伸べるのにと、憤りを感じたことがある。

なら答えは決まっていた。

「わかった。じゃあ今日と明日はこの村にいるよ。何かあればそれで対応できるだろう」

(E級ダンジョンなら何かあっても俺でも大丈夫だろうし)

「ほ、本当ですか!?　あ、ありがとうございます！　じゃあ今日は私の家に泊まってください！　おばあちゃんと2人ぐらしで村の端にありますが」

「そう？　じゃあお世話になろうかな、そのほうが何かあればすぐにいけるだろうし」

「じゃあ決まりですね！　あ、今更ですけどなんてお呼びすれば……」

「あ、天地《あまち》です」

「了解です。よろしくお願いします、天地さん」

俺はそのまま村のはずれにある茅葺《かやぶ》きの屋根へと向かった。

「おばあちゃーーーん。今日一人お客さんを泊めるね!!」

今井《いまい》さんが家に入るなりおばあちゃんを呼ぶ。

すると、80代ぐらいだろうか、杖《つえ》をもって腰に手を当てたおばあさんが出てきた。

「この村に外からのお客さんなんて珍しいねぇ。渚《なぎさ》の彼氏かぇ？」

「ち、違うから！」

今井さんが慌てておばあちゃんの口を閉じる。

「はじめまして、天地です。今井……いや、渚さんから呼ばれた攻略者です」

「そうか、そうか、いらっしゃい。じゃあ飯にしよう、遠路はるばるきてくれてありがとう。なんもないところじゃが、ゆっくりしなされ」

「そんなお構いなく。じゃあお邪魔します」

俺はそのまま家の中に上がり、案内されるがまま居間へと向かう。

テキパキと用意された夕飯をいただいて、さらにお風呂までいただいてしまった。

「ありがとうございました、気持ちよかったです。あれ？　渚さんは？」

「村長のところにいきよったわ。あの頑固者には説得しても無駄じゃと言ったんじゃがな

「あの、おばあさん……渚さんがあんなに必死になる理由って何かあるんですか？　なんか普通じゃないように思えて……」

「……そうさな、ここまで来てくれたんじゃ……別に隠してるわけでもないし。お前さんには話そうか。渚の父親と母親はな……ダンジョン崩壊で死んだんじゃよ」

「え？」

「あの子がまだ歩くのが精一杯の頃じゃった。儂の息子、つまりあの子の父親はこの村の外に就職してな……それで……」

そこから話される内容は、とても幼い子が受け止めきれる内容ではなかった。

ダンジョン崩壊が、今よりも頻繁に起きていた少し前。

日本は大混乱に陥っていた。いや世界中が大混乱で法整備も間に合っていなかった。

そして作られたのがダンジョン協会という世界的な組織。

多くの犠牲の上に成り立ったその組織は、世界最大の組織となり、政治経済両方の面を併せ持つ。

その甲斐《かい》あって、世界中でダンジョン崩壊は大幅に減少し、犠牲者も少なくなった。

だが、それでもダンジョン崩壊は発生する。そして犠牲者も。

「そうですか……それは……辛《つら》い経験を」

「儂が引き取った時はそれはもうひどくてな。でもやっと笑えるようになってきた」

……」

大切な人を失う辛さはわかっているつもりだ。

渚さんは普通の人と変わらないほどに笑顔ができている、それが一体どれほど大変だったか俺には想像できた。

あれほどダンジョン崩壊を恐れている理由も。

「ではゆっくりしてくだされ、テレビでもつけようか」

そう言っておばあさんはテレビをつけて部屋を出ていく。

テレビではニュースがやっていた。

「また滅神教《めつじんきょう》のテロ行為か……海外は怖いな……」

俺はテレビのニュースを聞きながら、開放的な縁側で外気浴をする。

テレビでは、また覚醒者による大規模なテロ事件のニュースが流れる。

それも今や日常となってしまっているが。

「なんか久しぶりにゆっくりしてるな……」

渚さんの過去を思うと少しだけ暗い気持ちになりながらも、縁側で月を眺めていた。

都会の光を失った空はとても美しく、月明かりだけが静かな村を照らしていた。

その夜は夜鳴村というには、静かすぎる夜だった。

◇少しだけ時間は戻り、夜鳴村、村長宅

夜鳴村にあるダンジョンはＥ級、ダンジョン協会はそう認識している。

しかし、それは村長である古川《ふるかわ》の虚偽報告だった。

E級であれば大した資源がとれず、崩壊を起こしてもさほど大事にはならないためダンジョン協会としては優先度は下げられる。

そのレベルであれば十分地方の自治体で対処可能だからだ。

だから古川はD級をE級と虚偽の報告を行うことで、ダンジョンで得られた資源から私腹を肥やしていた。

そして今日灰《かい》の登場により、焦った村長は作戦を決行した。

「お前ら頼むぞ！　資源をしっかりと拾って攻略してこい。そしたら東京で楽しいとこに連れてってやるから！」

「了解です！　5人もいれば余裕って協会もいってますしね！」

返事をしたのは、この街のD級に当たる若者5名。

意気揚々とダンジョンの中へと入っていく。

～2時間後。

古川はキューブを囲むような簡易的な建物の中で椅子に座って、彼らのいい報告を待っていた。

古川は孫はいつも1時間ほどで攻略していたなと思い出す。

そこに駆けてくる少女が一人。

「はぁはぁ……ここにいたんですか。古川さん！……まさか、もう行ったんですか!?」

「……なんだ、渚か。全くお前には本当に迷惑させられた。だがまぁそれも無駄なあがきだったな。もう終わる。ダンジョン協会の助けなんぞいらんからな！　ガハハ！」

「……」

渚は古川と同じように建物の中でキューブを見つめた。

ブブブ
「え？」

渚はキューブが少しだけ震えるように揺れたのを見た。

渚の顔から一瞬で血の気が引く。

見間違いかと思ったが確かに、微細にキューブが揺れた。

そしてこの現象を渚は知っている。思い出したとたんに恐怖で声がうまく出なかった。

「お？　帰ってきたのか。帰ってくるときはこんな感じだったか？　たしかキューブが開くような……」

古川が立ち上がって、目の前の白いキューブに触れようとした時だった。

「に、にげて……」

渚が声を振り絞る。

「はぁ？　なにを──!?」

突如微細な振動だったキューブが目に見えて激しく震えだす。

金切り音を上げて、まるで悲鳴のような音がする。
鮮やかなD級を表す白色のキューブの色が反転し、漆黒のキューブへと姿を変えた。
そのキューブから何かが転がるように外に出た。
それは、頭だった。
古川が送り出したD級の若い衆の一人が見るも悲惨な姿で現れる。
それに唖然《あぜん》として声が出せない古川、しかし。
「ぐわぁ!?」
突如そのキューブから女性の腰ほどはあろう太い腕が伸びて古川の顔を掴《つか》んだ。
その腕に持ち上げられた古川。
必死の形相で逃れようと暴れまわるが、その手は強く放さない。
そして、そのまま握りつぶすように古川は息絶えた。
「い、いやぁぁ。いや……」
古川の血で汚れた渚は後ずさる。
キューブから次々と魔物が外に出てきた。
醜い身体《からだ》に、醜悪な顔。
まるで熊のような巨大な体格をした分厚い脂肪と豚の顔。
それでも確かに意思をもって、最低限の知能を持つ。
『オーク』

D級の魔物でありながら、C級に肉薄する存在。

下位のダンジョンでは最も恐れられている、全人類、そして女性の宿敵の魔物だった。

その魔物は渚を見ると、にやりと笑う。

1体のオークが震えて動けない渚を捕まえた。

渚は必死に抵抗するが、力がうまく入らない。

そしてそのまま渚は抱えられたままダンジョンへと消えていった。

残りのオークは雄たけびを上げて、その簡易的な建物を叩《たた》き壊す。

その騒音に、村中の明かりがついた。

そしてすぐに絶望し、恐怖する。

この日夜鳴村のD級ダンジョンは、最悪の形でダンジョン崩壊を起こした。

誰も助けてくれない辺境の村を襲う豚の魔物が全てを蹂躙《じゅうりん》し食いつくさんと暴れまわる。

静かな夜に、悲鳴だけが響いていた。

まるで夜鳴村の名前を体現するかの如《ごと》く。

◇灰視点

「……なんか、騒がしくなってきましたね」

俺が縁側で、月を見ながらぼーっとしていると村の灯《あか》りがついていく。

それでもここは村のはずれのため、何が起きているかまでは良く分からない。

「この時間に明かりがつくなんて珍しいのぉ、年寄りばっかりじゃから9時には全員就寝するんじゃが……」

そう言うとおばあさんはスマホを取り出した。

器用に文明を使いこなし片手でスマホを操作する。

「ふぉふぉ。余裕じゃこれぐらい。どれ……村のSNSをっと」

村のSNSまであるんだ、文明使いこなしてるな。

偏見でまだ黒電話とか使っている村のイメージだったのに、普通に現代だった。

「……豚の魔物が現れたじゃと？……」

「え？」

俺はもう一度村を見る。

明るかった村は、やがて火の手が上がり、暗い夜空を照らし出す。

豚の魔物、思いつくのは1つだけ。

そしてそれが現れたという事は。

「ダンジョン崩壊が起きたようじゃ……──あれ？　天地《あまち》さん？」

俺は全力で走った。

ダンジョン崩壊が起きているのなら、渚さんが危ない。

「くそ！　間に合ってくれ!!」

焦燥感を掻《か》き立てられる。

豚の魔物、多分オークだ。

しかもオークはD級の魔物、だが危険度はC級に肉薄する。

それは身体機能よりも、高い知能と群れで行動することが多いからでもある。

彼らはD級最悪の魔物とも呼ばれていた。

「はぁはぁはぁ……くっ！」

俺が村についたとき、村の中はオークでいっぱいだった。

20体ほどはいるだろうか、村人たちは必死で応戦するがD級に該当する覚醒者でなければ相手にもならない。

この村の人はほとんどがE級なのだろう、すでに犠牲者もでていた。

「た、たすけてくれぇぇ!!」

俺はその声がする方に走る。

そこではオークが一人のお婆《ばあ》さんを襲っていた。

醜い身体に、豚の鼻、身体は熊ほども大きく手にはこん棒ではなく、石と木で作ったであろう斧《おの》のようなものを持っていた。

俺はそのオークのステータスを確認する。

名前：オーク

魔　　力：70
攻撃力：反映率▼30％＝21
防御力：反映率▼20％＝14
素早さ：反映率▼10％＝7
知　力：反映率▼40％＝28

「強い……ブルーベアーとは比べ物にならないぐらいに」

オークの魔力は70、まさしくD級上位だった。

俺は腰の剣を抜いて構える。

俺では相手にはならなかっただろう。

「はぁ!!」

「ンゴォ!?」

昔の俺なら。

俺は背後から一撃でオークの首を切り落とす。

9つのキューブを完全攻略した俺のステータスは前に比べて跳ね上がっていた。

俺は自分の手を見つめる。

この新しい強さを実感するように。

名前：天地灰
状態：良好
職業：なし
スキル：神の眼《め》、アクセス権限Lv1
魔　力：285
攻撃力：反映率▼25％＝71＋120
防御力：反映率▼25％＝71
素早さ：反映率▼25％＝71
知　力：反映率▼25％＝71
装備
・騎士の紋章
・ハイウルフの牙剣＝攻撃力＋120

E級キューブの完全攻略は、魔力が平均でプラス30ほどされた。
9つ攻略した今、俺の魔力は300に近いところまで成長している。
今の俺は相当に強く、D級ダンジョンですらソロで踏破可能かもしれない。
C級と呼ばれる攻略者の魔力は協会の規定では100〜1000ほどなので、俺は今C

級の下位と扱われるはずだ。

それでもオークのいるダンジョンをソロで攻略するのは心もとない。

ここにいるオークすべてを倒したら、田中《たなか》さんに助けを求めよう。

色々ばれるかもしれないが、そんなことは二の次だ。

俺はそう決めて、村中のオークを狩りつくした。

20体ほどのオークは、バラバラに暴れており、単独ならば相手にならずに倒せた。

こいつらが厄介なのは徒党を組むことができる知性のせいなので、この状況ならただのD級の魔物だ。

「渚《なぎさ》さんはどこにいるかわかりますか？」

俺は助けた村中の人に聞いて回る。

しかし誰も答えられない。それに恐怖からか動揺しているようだった。

「どこだ……渚さん」

俺は村を捜し回る。

しかし、どこにもいない。オークもすでに全滅している。

俺は村の中心へと来た。

「……ダンジョン崩壊、黒いキューブ……この建物の中にあったのか」

そこにはボロボロに壊れたプレハブ小屋。

その中からは真っ黒なキューブが顔を出していた。

俺は神の眼でステータスを確認する。

「D級……やっぱり嘘《うそ》の報告をしてたんだな」

本来なら真っ黒で何のランクかもわからないが、ステータスが見える俺には関係ない。

俺は建物の中に入り、顔をしかめる。

そこには、男性の首、そして多分村長の死体があったから。

「勝手に攻略しようとして、失敗したんだな……協会に任せればいいのに、金のためか……」

俺はあたりを見回す。そしてそこには。

「これは渚さんの靴？」

制服を着ていた渚さん。

そのままだったのだろう、キューブの近くには革靴が片足ずつ落ちていた。

1つは村長の死体のすぐそばに、そしてもう1つは。

「まさか……つれていかれたのか!?」

キューブのすぐそばに落ちていた。

まるで中へと連れ去られるのに、必死に抵抗したかのように。

オークは、人間の男を食い殺す。そして女性を凌辱《りょうじょく》する。

それゆえに相当に恐れられる魔物でもあった。

「……くそっ！」

俺は握りこぶしを作り、大きな声を出す。

田中さんに夜鳴村でD級のダンジョン崩壊が起きたので助けてくださいとだけメッセージを送った。

だが、どれだけ早くても1、2時間はかかるだろう。

その間に渚さんは、もしかしたらオークに……。

俺は何の躊躇《ちゅうちょ》もなく一歩を踏み出した。

「待ってろ、渚……」

まるで妹に言うように。

俺は決意を決めて、黒いキューブに触れた。

いつものような凛《りん》とした音ではなく、バチバチとまるで拒絶するかのように黒い稲妻が走る。

抵抗されているような感覚すら覚えるが、俺はそのまま足に力を込めて無理やりキューブの中に入った。

たとえそこに、100のオークがいたとしても。

命の危険があったとしても。

もう俺はあんな思いは嫌だからと。

「必ず助ける」

その未知の崩壊したダンジョンへと突き進む。

「ここも洞窟タイプ……ダンジョン崩壊しているからなのか？　変な雰囲気だ」
いつものダンジョンよりも少しだけ息苦しい。
気のせいなのか、気持ちの持ちようなのかはわからないが、重苦しくて息が詰まる。
いつものダンジョンよりもプレッシャーが俺に重くのしかかる。
そして目の前には。
「……そりゃいるよな」
俺が中に入った瞬間オークの群れがそこにいた。
まだこちらには気づいていないようだが数にして5体、全員が70の魔力を有する。
つまり合計魔力は350にも相当し、俺の魔力を優に超える。
ならばと俺は、一切躊躇せずに奇襲で背後から飛びつき首をはねて、1体を葬る。
もう1体は、驚きながらもかろうじて武器を構えて鍔迫《つばぜ》り合《あ》いが起きた。
しかし、武器の性能差で無理やりに押し切った。
一瞬で2体のオークを殺すことに成功する。
だが、残り3体は当然武器を構える。
ここからは奇襲ではない戦闘になる。苦戦は必至。
油断はできない、それでも時間の余裕はない。

俺は少し危険な賭けを繰り返す。

紙一重で躱《かわ》し3体のオークを切り刻んだ。

いくらか攻撃を食らったがステータスの差で打撲程度の軽傷で済んだのは幸いだろう。

「ふぅ……なんとかやれそうだ。よかった、ある程度成長した後で」

俺はそのまま警戒し、足音を殺しながら駆ける。

見つけたオークは基本的には奇襲で殺す。複数いる場合はおびき出して1体ずつ殺す。

正面切って、ダンジョンを突き進む。

「渚……どこにいる……」

すでに20体以上のオークを殺した。

それでも渚がいる気配がない。俺は渚を捜した。

「くそっ！　さっき来た道だ。こっちじゃない！」

このダンジョンには、村長が隠匿していたせいで地図がない。

そのせいで、攻略もなかなかうまくはいかなかった。

だが、1時間ほど走り回った結果俺は、ボスの部屋を見つけていた。

E級の扉に比べて一回りは大きく禍々《まがまが》しい扉。

「……ここはボスの部屋か。これは最後だ」

俺はまだ探していない部分を探すために、全力で走りだした。

せめて、声が、どこかで声がすれば。

「頼む、無事でいてくれ」

◇渚視点

「……うっうっ」

ダンジョンの奥深く。

そこで渚は捕まっていた。

洞窟の中の、小さな部屋のような場所に連れてこられていた。

四方を石の壁に囲まれており、出入り口は1つだけ。

そしてそこには、3体ほどのオークがまるで見張りのように立っていた。

「いや……いやだ……」

渚は身体《からだ》を震えさせて、両手で抱きしめるように縮こまる。

怖い。

自分は殺されるのだろうか、あの村長のように。

そしてあの時の両親のように。

まだ小さく記憶はおぼろげ、それでもあの日のことを思い出すだけで震えが止まらない。

「パパ、ママ……助けて……」

聞いたことがある。

魔物の中には女性に乱暴し、無理やり犯し、そして飽きると食い殺す存在がいると。

オークやゴブリンといった種族がそれだ。

想像するだけで、今すぐに自分の命を終わらせてしまいたい気持ちに駆られる。

そんな恐怖を体験するぐらいなら、ここですべて終わりたい。

そう思うぐらいには渚は恐怖で、涙が止まらなかった。

それでもそんな勇気もなく、渚はただ震えて自分の運命を見つめることしかできなかった。

「ゲヘへ……」

入り口から1体のオークが渚を見て涎《よだれ》を垂らす。

手を伸ばし、その太い腕で渚をつかんだ。

「いや、いや!!」

仮にもオークと同じD級の魔力を持つ渚。

力いっぱい振り払い、オークから逃れようとする。

それに顔をしかめたオークが何か合図をすると、次々と仲間の見張り達《たち》が全員その部屋に入ってきた。

3体のオークに力ずくで押さえ込まれる渚。

「いや、いや……たすけて……たすけてぇぇ!!」

最後の力を振り絞り、意味はないとわかっていても大きな声で助けを呼ぶ。

その声にオークは興奮したかのように、身体を震わせた。

渚は必死に抵抗してオーク達をはねのけ、叫ぶ。

最後の抵抗、大きな声で助けを呼んだ。

無駄かもしれない、でも助けてほしい。

「誰か!! たすけて!! たすけてよぉぉ!!」

こんなキューブの奥深く。

誰もいるはずはないけれど、それでももしかしたら。

その声を聞き逃さない人がいるかもしれないから。

「なぎさぁぁ!!!」

「え?」

泣きはらす渚の腕を持つオークの力が弱まった。

直後1体のオークの首が落ちた。

残り2体のオークが何事だと後ろを向く。

しかしその瞬間もう1体の首も落ちた。

「ガァァァ!!」

訳も分からず吠《ほ》える最後の1体のオーク。

しかしその1体も顎下から脳天へと剣を突き刺され絶命した。

一瞬の出来事だった。

何が起こったのかすら分からない渚。

でも1つだけわかるのは。

「……よかった。もう大丈夫だよ、渚《なぎさ》」

助けに来てくれたということ。

灰《かい》は、しゃがんで泣きじゃくる渚の頭をなでる。

いつも怖くて泣きそうになっていた妹にしてあげるように、優しく。

「大丈夫だからな」

渚はとたんにボロボロと涙を流して、大きな声で泣きながら灰へと抱き着いた。

「わーん、こ、怖かったです!!」

「もう大丈夫、兄ちゃんが守るから」

「兄ちゃん？」

「……失礼。忘れてくれ」

俺はつい凪《なぎ》に言うような口調で兄ちゃんと言ってしまった。

照れ隠しをするように、渚さんを両手で抱き上げる。

『条件2を達成しました』

(今の条件クリアか、結構倒したな……無我夢中だったから数えてなかった)

「靴も履いてないし、少し我慢しててね。ボスを倒して早く外に出よう。じゃないと」

俺は混乱している渚をお姫様抱っこしてすぐに外にでる。

外には大量のオーク達が俺を狙って走ってきていた。数にして20はいるだろう。

渚の声がしたとき、俺は全てのオークを倒さずに無視して走ってきた。

そのため、大量のオークが俺を追ってきている。

「グモモォォ!!」

俺は全力で走った。

向かうはボスの扉の部屋。

道は覚えていたので迷わない。キューブの入り口から出られればよかったのだが、そっちの方向には大量のオーク軍がいる。

あれだけの数を相手にするぐらいならボスのほうが幾ばくかましだ。

「あ、天地《あまち》さん……天地さん……」

渚は震える手で俺をつかむ。

相当に怖い思いをしたのだろう、俺は強く抱きしめて安心できるようにしてあげる。

まだ中学生なんだ、無理もない。

「渚、今からボスを倒す。少し一人にするけど……頑張れる?」

「え?……は、はい、がんばります」

お姫様抱っこしながら俺は渚に頼む。

少しだけ顔を赤らめる渚。

泣きそうな目で、顔が真っ赤で、目を合わせてくれない。

「よし、ついた」

俺達はそのままボスの部屋の前につく。後ろからは大量のオーク達が轟音《ごうおん》を立てて追ってくる。

俺達は逃げるようにそのままボスの部屋に入る。

入ると同時に、扉が閉まる。つまり今からボスとの戦闘が始まることを意味した。

「白いオーク……強そうだけど……」

俺はそのオークのステータスを見た。

名前：ホワイトオーク

魔　力：100

攻撃力：魔力反映率▼30％＝30

防御力：魔力反映率▼20％＝20

素早さ：魔力反映率▼10％＝10

知　力：魔力反映率▼40％＝40

「なんだ、雑魚か」

俺は一瞬でそのオーク亜種にかけ出す。

通常のオークよりは多少は強いが、それでも1．5倍程度、大した相手ではない。

「ンガァア！！？」

一閃《いっせん》。

俺はそのままそのホワイトオークの首を一撃で刈り取って殺した。

1対1ならばD級程度の魔物が相手になるはずもない。

『条件1、2、3の達成を確認、完全攻略報酬を付与します』

「ん？　渚がいるとソロじゃないと思ったがそういう事じゃないのか？」

直後俺と渚を光の粒子が包み、白いキューブの中に転移した。

多分ボスを倒したことでダンジョン崩壊が終了し、元の白色のキューブに戻ったのだろう。

「お、昇格チケットも……あるな」

俺は足元のブロンズ色のチケットを拾った。

これでついに10枚揃《そろ》うことになる。

すると横にいた渚が俺にぎゅっと抱き着いた。

「天地さん……本当にありがとうございました」

「いえいえ、どういたしまして。本当によかった無事で。ケガはない？」

「はい、大丈夫です。すごく怖かったですけど、ケガはないです！　あ、あの泣いてたことは忘れてください！」

「そっか、頑張ったね。偉いぞ。いい子だ。よしよし」

「さっきからなんか子供扱いしてませんか!?」

「え？　そ、そうかな……」

俺はまた頭をなでようと手を伸ばして引っ込める。

渚は少し残念そうな顔をしているが、気のせいだろう。危うくセクハラしてしまうところだった。

「お、開くな」

俺達を包んでいた白い箱がゆっくりと開かれて、ダンジョンは休眠モードへと移行したようだ。

その直後、空から轟音がなり、ものすごい風が吹いていた。

「な、なんだ？　凄《すご》い音……ってえ!?」

俺がなにごとだと頭上を見上げると、そこには軍用？　の仰々しいヘリコプターが飛んでいた。

そして次々と降下してくる俺よりも圧倒的に強そうな攻略者達、そしてその先頭にはスーツをビシッと決めた魔法使い。

「た、田中《たなか》さん!?」

「灰君、よかった無事で。……って、君が攻略したのか？　D級の崩壊を？　一人で？」

俺が助けを求めた田中一誠《いっせい》、日本トップギルドアヴァロンの副代表だった。

「状況を説明してほしいのだが……その前に。全員!! 救護急げ!! 救える命は絶対に救え!!」

ヘリの音にも負けない声量で、田中さんが攻略者達に命令する。

オークが荒らしていった村はケガ人も多く、建物もいくつか倒壊していた。

迅速な対応によって村人達は救助されていく。

「灰君、話はまた後で聞かせてもらうよ?」

「はは……はい……」

俺は乾いた笑いを見せる。

もう逃げることはできないだろう、もしかしたら資格はく奪になって無資格攻略者になってしまうかもしれない。

俺と田中さんは救助活動を行った。

被害は見た目ほどひどくなく、死傷者も村長と最初にダンジョンへ潜った5人。

あとは、数人の犠牲者がでてしまった。

失った命の数は多いが、この規模のダンジョン崩壊にしてはこの程度で済んだのは、俺がすぐにオークを全部倒せたからだろう。

でなければ1つの村が地図から消えてもおかしくはなかった。

数時間後。

「じゃあ灰君、帰ろうか。あとはダンジョン協会に引き継ごう。じっくりと話を聞かせてもらうからね？」

「わ、わかりました……」

田中さんの笑っていない笑顔の圧に俺は屈してヘリコプターへと乗り込んだ。

このヘリはアヴァロンが所有している緊急用のヘリだそうで、この村……というか俺のために田中さんがすぐに手配して文字通り飛んできてくれたようだ。

「あ、天地さん!!」

ヘリに乗り込もうとした俺に渚が走ってくる。その後ろにはおばあさんもいた。

今日1日、時間にすれば4時間ほどの関係だがとても濃密な時間を過ごした気がする。

妹のようにか弱くて心配だが、今後はダンジョン協会が守ってくれるだろう。

「俺は行くよ。元気でね、渚。おばあさん、後は頼みます」

「天地さん、孫を助けてくれて本当にありがとう」

「ま、待ってください！　わ、私！　天地さんと……も、もっと話したいです！」

「ありがとう、俺もだよ。渚は妹にすごく似てて、ほっとけないから。でもこれからはダンジョン協会が守ってくれる。安心して」

「い、いもうと!?」

「うん、妹にすごく似てるんだ」

「お、女としてはど、どうなんですか!?」

「女？　はは、まだ中学生のくせにおませさんだな」

俺はその額を軽く小突く。

妹ほどに年が離れた女の子を恋愛対象に見るなんて、俺はそういう趣味はないぞ。

渚は、額をこすりながら俺を上目づかいで睨《にら》むようにほっぺを膨らませる。

「もっと大きくなります！　そ、その時はまた会ってくれますか？」

「そうだな、楽しみにしてる。凪のいい友達になってくれそうだ。じゃあいつかまた会おう！」

俺はそのまま手を振ってヘリコプターに乗り込んだ。

渚が絶対ですよ、会いに行きますよとヘリの音にも負けないほどの声で俺に手を振る。

田中さんがニヤニヤと笑って、やるじゃないかと言っているが確かに俺は強くなったからな。

褒めてくれているんだろう。

そして俺達《たち》は東京へ向け空を飛ぶ。

時刻はすでに深夜を回っていた。この日夜鳴村のダンジョン崩壊は終わり、今後はダンジョン協会がD級ダンジョンとして管理することになる。

責任はすべて死んだ村長に押し付けられて、他の者は一切の無罪。

それもどうかと思ったが、悪いのは大体村長なので仕方ないか。

深夜の空は本当に暗く、全く何も見えない。

闇というのはこんな感じなのだろうか、少しだけ怖いなと思う。

そう思いながら窓から外を眺めていると。

「色々事情があるだろう、明日話を聞こうか、2人っきりで。誰にも邪魔されずにゆっくりと」

「は、はい……」

「楽しみだな……灰君《かい》」

「そ、そうっすね～～」

田中さんがニコニコしている。

ただし、その目は笑っていない。


～翌日、昼。

「うぉ!? 寝すぎた……もう12時か……」

飛び起きるように起きた俺は時計を見て、久しぶりにこんなに寝たなと背伸びする。

疲労からか泥のように眠ってしまったが、随分と疲れが取れたような気がする。

「今夜は田中さんと夕飯約束してるし……さてどうしようか。暇だな、ダンジョン攻略するか？」

俺は自分のステータスを確認する。

名前：天地《あまち》灰
状態：良好
職業：なし
スキル：神の目、アクセス権限Lv1
魔　力：385
攻撃力：反映率▼25％＝96＋120
防御力：反映率▼25％＝96
素早さ：反映率▼25％＝96
知　力：反映率▼25％＝96
装備
・騎士の紋章
・ハイウルフの牙剣＝攻撃力＋120

「ついに385か……オークのダンジョンでは魔力が100増えたし。ダンジョン協会の基準ではC級下位ってところか。B級は魔力1000からだし、遠いな……でも頑張らないと」

E級は魔力が10～50。

D級は１００未満、C級は１０００未満が基準となる。

そこから1桁ずつ上昇するので、B級は一万未満まで、それを超えるとA級だ。

それ以上は、S級と呼ばれ、もはや俺にはよくわからない。

さらにその上も実は存在するそうだが、もうびっくりのインフレ具合。

「あ、そういえば！」

俺は昨日集め終わったブロンズ色のチケット、クラスアップチケットをポケットから取り出す。

昨日は眠すぎてそのまま眠ってしまったが、これで10枚だ。

俺は引き出しにしまってあった残り9枚を手に取った。

これで10枚だが、一体どうすればいいんだろう。

そう思っているとその10枚のチケットが突如光り輝く。

『クラスアップを開始……騎士の紋章を確認。騎士昇格試験を開始します』

「な、なんだ!?」

そのチケットは1枚に変わり、見た目も少しだけ変化していた。

大きさは変わらずに、お札ほどの大きさで、表紙にはカウントダウンのようなものが表示される。

俺はそのチケットのステータスを見る。

属性：アイテム
名称：クラスアップチケット（10／10）
説明：騎士昇格試験を開始します。
転移まで、あと00：00：58

「はぁ？」

その表示されたステータスを見る。

そこには、移動まであと00：00：58の文字。

58という数字が、1秒ごとに減っていく。今54。

つまり。

「や、やばい！　これ、10枚集めるだけで開始するのか!?　そんなのきいてねぇ!!」

俺は慌てて、装備を整える。

確かに、ステータスが見えない人ならば使い方などわからないため集めただけで発動するようにするべきだろうけど!!

あと1分もないため、鞄《かばん》にひたすらいつもの攻略道具を詰め込んだ。

顔を洗って、うがいして、靴を履いて、剣を持つ。
事前に買ってあった食パンを加えて、何とか準備は完了した。
なぜに、40秒で支度しなをリアルでやらねばならぬのか。
そしてあの無機質な音声が俺に告げる。
『昇格試験を開始します』
俺の視界が暗転する。

俺が目を開くとそこはまるで黄金のキューブの中のようだった。
「ここ、黄金のキューブの時と同じような形だな……」
50メートルほどの立方体。
まるで大きなキューブの中にいるかのような部屋。
壁は人工の石でできたパネルだった。
そして目の前には扉がある。
それほど大きくなく、装飾もない。
2、3メートルほどの大きさだろうか、ボス部屋などの扉に比べると随分と質素だった。
「昇格試験……そのままの意味なら職業が昇格なのかな……騎士の紋章をもっているから、騎士昇格試験っていってたけど……そもそも騎士ってなんだ？　俺無職だが？」
俺は疑問に思いながらも帰る方法もないので、服を着替えて準備をする。

鞄に荷物を詰め込んで、目の前の扉を開こうと触れたときだった。

『騎士の紋章を確認……個体名：天地灰。職業なし……初級騎士試験を開始』

「初級騎士……クリアしたら無職から騎士になれるのか？」

突如脳に響くいつものアナウンス。

このダンジョンを攻略することでやはり職業が与えられるらしい。

なら絶対に攻略したい、というかそもそも帰ることができない。

騎士の紋章をもっていることから何か特別な試験が始まるのだろうか。

退路を失った俺は胸に付けた金色のタグを握りしめ、その扉を開いた。

そこは同じような四角い部屋と4つの巨大な支柱、そして一体の……。

「鎧《よろい》？」

体格は成人男性ほど、よく見る中世の鎧を着た全身フルプレートの銀色の鎧と盾を持っていた。

規則正しく部屋の端から端を歩いては戻ってを繰り返す。

魔物なのだろうか。それにしては全く意思というものを感じられない。

「まだこっちには気づいてないみたいだな……あれを倒すのか？　どれぐらい強いんだろう……」

名前：盾使い

魔　力：２００
スキル：挑発
攻撃力：反映率▼25％＝50
防御力：反映率▼50％＝１００
素早さ：反映率▼25％＝50
知　力：反映率▼25％＝50
装備
・鉄の盾＝防御力＋50

「結構強いな。盾使い……でも俺の方がまだ強い。挑発……これって魔物のヘイトを集めるスキルだよな」

挑発、それは上位の攻略者が使うスキルであり魔物達からのヘイトを集めることができる。

それを持っているということはこの盾使いは文字通り前衛職なのだろう。

「よし、いくか」

俺は悩んでいても仕方ないと、その規則正しく動く盾使いの視界から隠れ柱へと忍び足で移動した。

柱の陰で俺は見えないはず。そしてフルプレートの鎧が踵《きびす》を返し反対側に歩いていこうとした瞬間俺は、背後から切りかかる。

俺に振り向き盾を構え、抵抗する鎧。

鍔迫《つばぜ》り合《あ》い、こちらは剣であちらは盾、鉄同士がぶつかる鈍い音。

しかし俺の方が体重も乗り、体勢も有利。

ステータスさえ有利ならそのまま力だけで押し切れる。

「らぁぁ！！！」

特に技術もないその力押し、俺の攻撃力は96＋120。

2倍近いその数値の差が顕著に表れ、俺は盾を押しのけ、弾《はじ》き飛ばす。

鉄の盾が宙を舞い、無防備になったフルプレートへと突きを繰り出す。

鉄の鎧を貫通した俺の剣が、金属と金属が擦《こす》れあう独特の音を鳴らし、盾使いの胸を貫通した。

「ふぅ……ごり押しすぎたかな……あ、次の扉がひらいた」

倒れた盾使いは、まるで煙のように消え去って背後の扉がゴゴゴという音と共に開く。

これでこの部屋はクリアなのだろう。今までで一番強いステータスの敵だったが案外あっけなかった。

俺はそのまま次の扉へと顔だけ出して中を確認する。

全く同じような部屋で四本の支柱が規則的に並んでいる。

そして次の扉の前、50メートル先にローブを着た何かが見えた。

魔法使い？　そこにいたのは全身ローブを着ているが中身のないなにか。
俺は目を凝らし、ステータスを確認する。
ステータスは、離れていてもこの目に映りさえしていたら表示することができる。
ただしテレビや映像の場合は無理なので、この目で直接見なければいけないのだが。
それに遠くで、本来なら文字も読めない距離でも俺は読める。
読めるというより、理解するというほうが正しいのかもしれないがなんとなくわかる。

名前：魔法使い
魔　力：２００
スキル：ファイアーボール
攻撃力：反映率▼25％＝50
防御力：反映率▼25％＝50
素早さ：反映率▼25％＝50
知　力：反映率▼50％＝１００＋50
装備
・ウィッチのローブ＝知力＋50

「魔法使いか……知力に極振りだよ。めちゃくちゃ頭いいのかな」

先ほどの考察が正しければ俺の数倍頭がいい。

俺は警戒しながら扉に入る。もしかしたらとてつもない策略を企てているのかもしれない。

俺が警戒しながら部屋に入った瞬間だった。

「⁉ これがファイアーボール⁉ ボールって大きさじゃねぇ！」

その魔法使いが巨大な火の球を空中に作り出す。

それを俺に向けて飛ばしてきた。すぐさまそばにある支柱へと走り込み俺は回避する。

俺よりも大きな火の玉は壁に激突し、石の壁を黒焦げにした。

熱風だけで火傷《やけど》しそうなほど一瞬で部屋の気温が上昇する。

「さすが魔法使い……もしかして知力って魔法の力なのか？」

また火の玉を掲げる魔法使いを見て俺は思った。

知力150にしてはワンパターンなその魔法に、特に知性を感じない。

作戦の可能性も捨てきれないが、ただ火の玉を俺に向かって連発しているだけだった。

すべて俺が隠れる支柱の裏を焦がすだけにとどまる。

「1、2、3、4、5」

俺はその壁に隠れながら数を数える。

魔法使いが連発する火の玉だが、大体5秒周期に飛んでくることが分かった。

だから、その合間を縫って。

「1、2、3、4、5……よし、今だ！」

俺はそのタイミングでもう1つ奥の支柱へと移動して再度隠れた。

まるでだるまさんが転んだみたいだと一瞬思ったが規則的に魔法を飛ばしてくるだけなので対処は楽だった。

「よし……次で近づいて倒せば！」

俺はそのタイミングでその魔法使いの目の前まで跳躍した。

C級下位の力を持つ今の俺なら数秒でこの距離ぐらいなら埋められる。

俺が剣を振り上げる。

魔法使いは驚いたようにファイアーボールを作り出そうとするが、間に合うわけもない。

抵抗すらできずにそのままローブを切り裂かれ倒れた。

魔法使いのローブは中身が無くなったようにやはり煙となって消えさった。

「ふぅ、よし。扉が開いたな。このレベルの敵なら結構簡単にクリアできそうなんだけど……」

俺は扉からまた顔を出して中の様子を確かめる。

「……真っ暗？」

しかし、その部屋は真っ暗だった。

光源はなく、まるで田舎の夜のような静かさと暗さ。

「……見えない」

俺は警戒しながらゆっくりと扉の中に入る。
入ったら明かりがつく仕組みなのかと思ったがそういうわけでもなかった。
背後で扉が勢いよく閉まり、俺は退路を断たれることになる。
「……敵が見えない……でも扉は閉まってるし……どうし——!?」
どうしたものかと考えていた時だった。
何かが視界の端で動いた気がする。
なのに、何も音がしない。
この部屋自体がまるで夜のような静けさと薄暗さ。
俺は剣を抜いて警戒する。
聞き耳を立てて、集中し、唯一の聴覚だけを頼りに警戒する。
何かが俺の命を狙っていることだけは、感覚でわかった。
俺は何か見えないかと必死に目を凝らす。
すると視界の端、何かが見えた俺はそれに向かって剣を振るう。
起きたのは短剣と剣の鍔迫り合い、なのに音が全くしない。
「なぁ!?」
奇妙な違和感だった。音がするはずのところから音がしない。
なのに火花散るほど剣戟《けんげき》が起こる。
目の前まで来てやっと見えたのは、短剣を振り回す黒いローブに身を包んだ小人。

息もつかせぬ連撃が、俺の命を刈り取ろうと迫ってくる。

短剣の手数を俺は慣れ親しんだ長剣で防ぎきるが、その違和感のせいで思うように身体が動いてくれない。

それに視界もよく見えない。

「くそ……らぁ!!」

俺は強く剣を振るって、その小人を弾き飛ばす。

一旦距離をとって目を凝らす。するとステータスが表示された。

名前：アサシン
魔　力：200
スキル：無音
攻撃力：反映率▼50％＝100
防御力：反映率▼25％＝50
素早さ：反映率▼25％＝50＋50
知　力：反映率▼25％＝50
装備
・アサシンの短剣＝素早さ＋50

「アサシン……無音……詳細は……」

俺はそのスキルの詳細を見る。

属性：スキル
名称：無音
効果：発動中は、周囲で発生した音を全て消し去る

「違和感の正体はこれか……暗闇で無音。ひどい組み合わせだ」

それはアサシンだった。

攻撃は強く、素早く、そして音を立てずに忍び寄る。

紛れもないアサシンは、暗闇の中、俺の周りを走り回り、俺の命を狙っている。

「ふぅ……そうか……でもよかったよ」

俺は剣を両手で握って、正中線に構える。

心を落ち着かせて集中する。

命の危険が迫っている、なのにこれほど落ち着いているのは自分でも不思議だった。

あの日すべてを捨てる覚悟をし、文字通り命を懸けた俺は生物の根源的恐怖である死に対する耐性を得たのかもしれない。

昔の俺なら震えて頭を抱えていただろう。

でも今の俺は、戦える。

それはステータスがという意味ではなく、心がという意味だった。

「はぁ!!」

呼吸を合わせて一閃《いっせん》の振り下ろし。

暗闇を切り裂く白い剣、その先には黒い小人が息絶えていた。

「……相性がわるかったな。暗闇でもステータスが丸見えだ」

この暗闇ですら、俺のこの神の眼《め》はステータスを表示させる。

ならばそこにこいつがいることはすぐに分かった。

煙となって消える小人と同時に部屋の明かりが点灯し、俺の勝利が決定した。

「ふぅ……よかった。この目が無かったら普通にやばかったかもしれないな……少し休憩したらいくか」

俺は次の扉を見る。

少し疲労も溜《た》まってきたので、もってきた鞄《かばん》からパンと水を取り出し食事をとる。

寝起きだったのでそれほどお腹《なか》は減っていなかったが、激しい戦闘で胃も起きてしまったようだ。

食パンと水を流し込み30分ほど休憩する。

気持ちを切り替え、もう一度戦闘モードへ。

「よし、いくか」

すでにこのダンジョンに来てから休憩をはさみ1時間近くが経《た》っている。

一体いつまで続くのか、そう思って次の部屋をのぞき込む。

その部屋も構造は変わらない。

部屋も明るくよく見える。

だが明らかに今までとレベルが違っていた。

なぜならそこには。

「まじか……」

盾使い、魔法使い、そしてアサシンの3体が待ち受けていたからだ。

「きっつ！」

俺の第一声はそれだった。

盾使い、魔法使い、アサシン。

どれも単独ならば今の俺なら簡単に倒せるだろう。

というか倒してきた。

しかしその3体が揃《そろ》うと、これはもはや攻略者のパーティーと戦っているようなもの。

「どうしようか……」

幸い部屋に入るまでは襲ってこないようなので、俺は作戦を立てることにした。

攻略しないとこの異空間から帰ることはできなそうなので、逃げることもできない。

「まず一番厄介なのは、アサシンだよな。戦闘力なら一番高いはず。でも暗闇じゃないからまだましか？　でも魔法使いのファイアーボールも野放しにするのはきついし、盾使いを先に瞬殺して……う━ん」

俺は胡坐《あぐら》をかいてどうするべきかを考えていた。

しばらく考えた結果、1つの作戦を立案した。

「魔法使いは魔法を放つのに、5秒は時間がかかる。今の俺なら全力で走れば50メートルも5秒以内にいけるはず……まず魔法使いを倒そう」

それが俺の作戦だった。

残り2体の盾使いとアサシン。

盾使いは先ほど瞬殺したし、アサシンに至っては俺の目ならばそれほど脅威ではないはず。

厳しい戦いになるとは思うが、それでもアサシンに気を付けながら戦えば2対1でも勝てるはず。

「よし！」

俺は息を整え、まるでクラウチングスタートのように開いた扉の前で構える。

心臓の音が聞こえる、ドキドキする。

でもこのスリルとでもいうのだろうか、少し楽しめている自分がいる。

今まで弱くて戦うことが許されなかった。

でもこの力を得て、ちょっとずつ強くなっている自分を感じて。

強敵との戦いを少し楽しいと思う、成長する自分を楽しいと思う。

不思議だ。

怖さはある。

でも、楽しさもある。

良く分からない感情が共存する。

もしかしたら俺はバトルジャンキーなのだろうか。

「弱かった反動かな？」

少しだけ俺は笑った。

努力することで成長できるというのは。

世界が変わるというのは。

これほど楽しいことなのかと。

「ふぅ……！」

俺は息を吐き出し、深呼吸。

タイミングを見計らって全力ダッシュ。

盾使いをすり抜け、アサシンを無視し、風の壁を感じながらどんどん魔法使いとの距離が縮まる。

魔法使いは焦るように両手を掲げるが、火の玉が集まるよりも俺の方が早い。

成功だ！

俺は、振り上げた剣を振り下ろす。

後は振り下ろすだけ、これで魔法使いは倒せるはず。

これで俺は攻略できた。

やった！

そう思ったとき、大抵は失敗するというのに。

「ウォォ！！！」

「!?」

後ろで大きな声がする。

その声の主は盾使いだった。俺は後ろを振り返っていた。

なぜ？

大きな声を上げようとも、俺はそのまま剣を振り下ろすべきだ。

なのに、強制的に意識を持っていかれたように俺は後ろを向いて盾使いに剣を向けてしまった。

「挑発!?　人間にも効くのかよ!!」

すぐに自我を取り戻した俺は理解した。

これは盾使いのスキル、挑発なのだと。

ここにきて瞬殺してしまったツケが来た。最初の部屋で盾使いと対峙《たいじ》したときに挑発を受けていれば気づけたはず。

だが俺は挑発は勝手に魔物にしか効果がないものと決めつけていた。

知能のある人間には効果がないはずだと。

「くそぉぉ!!」

俺は無理やり思考をぶん回し、魔法使いに視線を戻す。

まだ間に合う、このままならまだやれる。

俺は剣を振り上げる、しかし。

「がぁ!?」

横から無音でやってきたアサシンに阻まれる。

横からの飛び蹴りで、俺は脇腹を全力で蹴られた。

そのまま地面に勢いよく転がる俺はすかさず立ち上がり剣を構える。

しかし、目の前に迫るのは、赤い火の球。

目を見開く俺は運よく視界に入った支柱に、活路を見つけて転がり込んだ。

しかし間に合わず、片足がその魔法に燃やされる。

「ぐぁぁ！！！」

それでも一瞬だったため、靴が燃えて火傷《やけど》で済んだ。

軽傷だ、足がひりひりして水ぶくれができるぐらい。

歩くと泣きそうになるぐらいの軽傷だ、まじでいてぇ……。

「はぁはぁ、やばい。一旦外に……って……そりゃ閉まってるよな」

外に出るための扉を見る。しかし案の定閉まっている。

ならば俺はここでこいつらを倒すことでしか生還する道はないようだ。

「スリルは楽しいって言ったけど……ここまでのは望んでないんだが……」

俺は背中から感じる熱風と同時に視界の端にステータスが映ったことに気づく。

つまり、これは。

「落ち着く暇もくれないか！」

俺はその短剣と鍔迫《つばぜ》り合《あ》いを起こす。

このまま、まずはアサシンを倒してしまおう。

俺は剣を振り上げる。

「ウォォ！！！」

「くそぉぉ!!」

しかし意識を持っていかれた。

その間にアサシンはまた行方をくらませる。

一瞬だけだが、注意を引き付けるという挑発というスキルがここまで面倒だとは思わなかった。

その注意をひかれるせいで、アサシンから一瞬視線を逸《そ》らし、また無音で死角へと消えていく。

「これがパーティーか。これは強い……実際はヒーラーもいるし、前衛も。そりゃ上級パーティーは強いはずだ」

俺はパーティーというものの強さを実感していた。

それぞれは簡単に倒せる相手なのに、揃うとここまで強くなるのか。

これが上級攻略者、例えばアヴァロンの一軍なんかだと一人ひとりはもちろん、チームとしてさらに洗練されているはず。

それが人が強大な魔物に立ち向かう力となり、プロの攻略者チームというものなのだから。

田中《たなか》さんのチームなんかは、これの数十倍は強いんだろうな。

「ってそんな余裕こいてる場合じゃねぇ!!」

盾使いが盾を前にして、その腰の剣を抜きゆっくりと俺に近づいてくる。

こいつは防御力は高いため、正面からでは一瞬では倒せない。

それにアサシンへの注意と、魔法も避けなければならない。

俺は振り下ろされる盾使いの剣を避ける。

魔法も避ける、アサシンの攻撃も躱《かわ》す。

息が持つのは魔力で身体が強化されているからだろう、それでも限界が近づいてくる。

「はぁはぁ……くそっ！」

どれだけ戦い続けただろう、防戦一方で数分間。

しかし体感時間はその非ではない。

身体《からだ》のいたるところによけそこなった切り傷ができた。

血が滴って、火傷した足が酷使しすぎて紫色に変色してくる。

「負ける？……こんなところで？」

盾使い、アサシン、魔法使い。

俺は傷が増えていく一方なのに、いまだに一回もまともに攻撃を当てることができていない。

有効打が決まらない、このままだと……。

死。

俺の脳裏をその一文字がよぎる。

覚悟はしているし、それは乗り越えたはずだった。

それでも死にたくはない。

今までならば死にたくないという思いが恐怖を生んだ。

ならば変わったはずの今は？

「……そうだな、命かけなきゃ何も乗り越えられないよな……」

俺は決死の覚悟を決めた。

最後のチャンス、これで失敗すれば死ぬかもしれない。

それでも俺は九死に一生をつかみ取る。

命を懸けねば夢も何も得ることなどできはしない。
いつだって諦めなかった人の上にしか奇跡は輝き降りてこないのだから。
俺は剣を構えて、前を向く。
俺の眼《め》の奥に黄金色に輝く煌《きら》めきがまるで炎のように灯《とも》される。
次の魔法まであと5秒。
盾使いは挑発を準備している。ならば俺は左を見る。
そこにはステータス画面、アサシンが俺へと攻撃を向ける。
短剣による一撃、何度も切り刻まれてきた。
避けて反撃しようとしてもどうせ挑発によって逃げられる。
ならば、俺は。
「ぐわぁぁ！！！」
左腕を差し出した。
俺は左腕でアサシンの短剣を受けきった。
ざっくり刺されるその短剣が、俺の左腕を貫通した。
泣きそうになるほどの、絶叫しそうになるほどの痛みが左腕から全身に広がる。
歯を食いしばってそれでも目を見開く。
俺は刺されたままアサシンを下にするように倒れこみ、押さえ込んだ。
そして片手で剣を握って、串刺しにしようと振り上げる。

いつものように挑発で俺の意識が持っていかれる。

「ぐっ!!」

それでも俺はそのアサシンを左腕と全体重でその場にとどめる。

短剣がぐるりと回って肉がえぐられる痛みに意識を刈り取られそうになる。

だが幸いにもその痛みによって、俺の意識も挑発からすぐにアサシンへと向けられた。

「あぁぁ！！！」

俺はそのまま剣を振り下ろしアサシンを串刺しにする。

と同時に、間髪をいれずに盾使いへと突撃をかました。

なぜならその後ろにはウィッチの火の魔法が浮かんでいる。だが直線上に盾使いがいるために撃つことができない。

「そんなに挑発してくるならなぁ!!」

盾使いは焦るように剣を抜く。俺は血が滲《にじ》みながらも両手で剣を握りしめ、力いっぱい振り切った。

「あぁぁぁぁぁ！！！！」

腹の底から声を出す。

ここですべて出し切ってやるという意思を込めて、無我夢中で押し込んだ。

いつの間にか俺の剣が盾使いの首に到達し、そのまま押し込み首と胴を切り離す。

盾使いが倒れ、力なく後ろに倒れそうになる。

だが倒さない、こいつはすぐに煙になるから。

だから、俺はその鎧《よろい》をさらに両手で抱きしめ持ち上げてぶん投げる。

「ぬらぁぁあ！！！」

目の前に飛んでくる火の球にぶつけるために。

鎧をぶん投げて火の球にぶつける、そしてファイアーボールが爆発無散する。

至近距離で爆発したため、とてつもない熱さが俺を襲い、全身を軽度だが火傷した。

眼がチカチカし、膝をつきそうになる。

それでも俺は倒れずに心から声を出した。

鼓舞するように、ここで諦めるわけにはいかないと、諦めそうな身体を心の力で奮い立たせる。

そして魔法使いに向かって駆け出した。

「遠くから何度も何度もバカスカ撃ちやがって!!」

今までの恨みを晴らすように、全力の振り下ろしを魔法使いに叩《たた》きこんだ。

型も何もない、滅茶苦茶《めちゃくちゃ》な力任せの一撃。しかし今までのどの一撃よりも速かった。

魔法のクールダウンから抵抗することもできずに、魔法使いはそのまま切り裂かれる。

あとには破れたローブだけが残っていた。

「はぁ……」

俺はそのまま大の字になって、仰向《あおむ》けになる。

目を閉じて、息を切らせて肩で呼吸する。

「勝った……いっつもギリギリだな。俺は……はぁ……」

大の字になって地面に転がり、肩で息をする。

ひんやりした石の床が、熱くなった身体を冷やす。

俺は右手を天へと向けて、握りしめる。

意識が飛びそうになるが俺はにやりと笑って、右手で小さくガッツポーズをした。

終わった、これでクリアだ。

そう思ったのに。

『三位一体の戦士、クリアしました。最後の試験を開始します……騎士を選択中』

いつだって試練は俺の想像を超えていく。

「はは……だよな。ここからだよな、糞《くそ》な神の試練って」

俺は黄金のキューブを思い出す。

いつだって、やっとだと思ったときに絶望を振り下ろす意地悪な神。

まるで心を試しているかのように、もう眠ってしまいたい俺に最後の試練を振りかざす。

『……決定しました。最も高い適性は光……ステータスを調整……』

俺はその声の意味を理解して、戦いからは逃げられないと立ち上がる。

左手を鞄《かばん》に入っているタオルでぐるぐる巻きにして何とか止血し、剣を握れるようにする。

「やってやるよ……ここで全部だしきって……そして！」

俺はもう一度剣を構えて前を向く。

「田中さんにうまいもん奢《おご》ってもらうんだ」

震える身体を叩き起こして精神力で立ち上がる。

俺の視線の先、扉から1体の騎士がゆっくりと現れた。

「ランスロット？　いや、違う……」

それは白い騎士だった。

ランスロットの記憶とはまた違い、どちらかというと華奢《きゃしゃ》な白い騎士。

それでも白く輝くその騎士は、うっすらと黄金色に輝いて俺を見る。

俺はその白い騎士を見た。

名前：ミラージュ
状態：弱体化
職業：初級騎士（光）【下級】
スキル：ミラージュ
魔　力：２００
攻撃力：反映率▼50％＝１００
防御力：反映率▼25％＝50

素早さ：反映率▼25％＝50
知　力：反映率▼50％＝100
装備
・騎士の紋章

「魔物じゃない？　それに……騎士……」

俺はステータスの表示画面が、まるで人と同じだということに気づく。

魔物はもう少し簡易的なものだったはずだ。

「ステータスも弱体化……もう何も分からないけど……それでも」

俺はその騎士を見つめる。

その騎士も腰の剣を抜き、鎧越しに俺を見つめた。

視線が交差し、戦意が混じる。

「俺は勝たないとだめなんだ」

俺は一切油断せずその白い騎士を見つめていた。

戦意は高く、身体もアドレナリンで何とか動きそう。

問題なくやれるはずだ。

油断はない。

なのに。

「!?」
俺はその騎士を見失った。
慌てて周りを見回すが、どこにも白い騎士がいない。
「どこ――!?」
鎧がきしむ音がする。
空気がつぶれる音がする。
俺の耳から聞こえないはずの音がして、そこから逃げろと本能が叫ぶ。
俺は全身の血が引いていく感覚を覚え、本能のままに勢いよくしゃがみ込んだ。
俺の髪の毛の先が、慣性の法則で宙に浮き、そして残った髪が水平に切れた。
俺の頭上数センチを、何かが高速で通過している。
それは剣だった。
見上げると乱反射したかのように、見え隠れする白い騎士が一瞬見えた。
それに気づいたのか俺を見る騎士。
再度元の白い騎士の状態に戻り俺の視界に現れる。
「透明……スキルか?」
俺は全力で後退し距離を取る。
ステータスを再度確認し、一体何が起きたかを把握する。
そして見つめるはおそらく原因であろうスキル『ミラージュ』。

「ミラージュ……チートかよ」

俺は詳細を見たミラージュというスキルのバカげた性能に乾いた笑みがでてしまった。

属性：スキル

名称：ミラージュ

効果：魔力の鎧が光を屈折させ、認識を阻害する。

この効果は自身より知力が低い相手ほど効果は高まり、自身より知力が高い相手ほど効果が弱まる。

どうやらこのスキルは自身より知力が低い相手に対して透明になれる力のようだ。

俺の知力は96、対してあちらは100。

たった4の差だが間違いなく負けていて、効果が発動されているようだった。

「見えない鎧に見えない剣……それは卑怯《ひきょう》だろ」

俺が文句を言おうとすると、その白い騎士がまた乱反射しながら光を屈折させ俺の視界から消えていく。

まるで水の中にガラスの容器を入れた時のように、溶けて消えてなくなる。

「くっ!!」

俺は神の眼の力によってステータスだけは何とか見えた。

それによって位置だけは何とか把握し、勘を頼りに剣を振るう。

金属がつぶれる音。ただしぶつかっている剣は見えない。

もはや殆《ほとん》ど運だけで戦っている。

この騎士が搦手《からめて》を使ってきたらどうしようもない。

「くそっ！　ぐっ!!」

打開策がまるでない。

味方していた運も徐々に俺を見放して、身体中に切り傷ができていく。

神の眼《め》がなければ、一瞬で背後から切り刻まれて死んでいただろう。

ステータスにおいては武器の差で俺の方が攻撃力は少し強い。

知力は4負けているがそれ以外のステータスはすべて俺が勝利している。

なのに、相手にならずに押されている。

白い騎士が繰り出す見えない閃光《せんこう》が、まるで死神の鎌のように振り回され、俺の命を削っていく。

「がぁ!!」

俺の左手が巻いていたタオルの上から切られ、血を止めていた左腕が痛みを思い出す。

劣勢になっていくのを肌で感じ、焦燥感が俺の心に沸々と湧いてくる。

アドレナリンはいつしか切れて、俺の眼は光を失っていく。

「はぁはぁ……」

数分の攻防を経て俺はもう満身創痍《まんしんそうい》だった。

左腕は血で紫色に変色し、左足は火傷《やけど》で水膨れて真っ赤に茹《ゆ》で上がる。

「勝てない……」

心がつい弱音を吐いてしまった。

あの日諦めないと心に決めたのに、疲労と痛みと打開策のない状況は俺の心を簡単に弱くした。

それに気づくとあれだけ心に決めたのにと、俺は顔をしかめた。

しかしそれでもその白い騎士は待ってはくれない。

交わす剣戟《けんげき》、もはや思考も回らない。

それでも耐えられているのは、身体が戦いを覚えてくれているから。

そして心の奥底で俺を支えてくれるものがあるから。

(はぁはぁ……こんなの前もあったな……)

思い出すのは、黄金のキューブでの戦い。

初めてホブゴブリンを倒した時も、俺は弱音を吐いていた。

なのに俺はもう一度立ち上がった。

結局俺を支えてくれたのは、自分の意志なんかじゃなく凪《なぎ》の存在だった。

今もそうだ。

俺は弱い。どんなに決意したってすぐに揺れる。

また俺は諦めるのか？

俺の帰りをただ真っ暗な自分の身体で今か今かと寂しく待っている凪を残してまた諦めるのか？

ＡＭＳの治療法を見つけるのを待っているのに。

俺が頑張れば救えるかもしれないのに。

俺がこの眼で、真実を見ることとさえできるのならば。

＊

「俺が助けるからな、凪。もうちょっとだけ待っててくれ。絶対助けるからな。そしたら」

＊

「凪はまた笑えるかもしれないのに!!」

俺の心が叫びをあげて、もう一度だと火が灯《とも》る。

折れたっていいじゃないか。

俺は弱い、そんなこと昔っからわかっている。

それでももう一度立ち上がればそれでいいじゃないか。

「……もう一度だ。もう一度だけでいい。……頑張るよ。俺……頑張るよ、凪」

だから剣を構えて前を向く。

折れそうになった心がまたギリギリで踏みとどまる。

まるで俺の気持ちに応えるように。

俺の心に応えるように。

俺の眼は、黄金色に輝いて本当の力を発揮する。

「え？」

ガキン!!

俺は振り下ろされる剣を間違いなく視界にとらえ、今までにないほどに確実に受け止める。

それに驚く白い騎士。なぜならその白い騎士が纏《まと》う何かが激しく揺れた。

まるで揺らめく陽炎《かげろう》のように、白い騎士の形に何かがかたどられて見えなかった騎士の形を具現化させる。

灰色の世界は黄金色に彩づいて、世界に魔力を映し出す。

「これは……もしかして魔力？」

俺が見えたものは、憶測だがおそらく魔力だった。

俺の身体から炎のように金色の魔力が見える。

同じようなものが、白い騎士からも漏れ出ている。

完璧に止められた事実に焦ったのか、白い騎士は慌てて再度俺に剣を振る。

しかし、はっきりと間違いなく俺はその不可視の剣が見えたし、それを薙《な》ぎ払った。

ステータスならこちらが上、ならば負けるわけはない。

剣と剣がぶつかり合い、力と力がぶつかり合う。
そして、最後には魂がぶつかり合うのなら。
「あぁぁぁ！！！」
俺が物言わぬ騎士に負ける道理はない。
俺には成し遂げたい想《おも》いがある、救いたい人がいる。
勝たなきゃいけない理由がある。
力の限り押し切る俺は、そのまま白い騎士を壁まで押し込む。
必死に耐えようとする白い騎士のスキル『ミラージュ』が解ける。
俺は構わず押し込み続ける。
「あぁぁぁ！！！」
ここで決める。もう意識も無くなりそうだった。
だから絶対にここで決める。
ありったけの力を全て捧《ささ》ぐ。
一本の剣が金属音と共に宙を舞う。
それは敵の剣で、俺の剣はまだ握られていた。
黄金色に輝く瞳で俺は白い騎士を真っすぐ見つめ、切っ先も真っすぐ向ける。
まるで笑ったようにその白い騎士は、何かを言った。
『その眼……懐かしいな。良き騎士に渡ったみたいだぞ。ランスロット君……』

俺の剣が白い騎士の胸を真っすぐに貫いた。
俺はそのまま体重を預けて白い騎士と共に地面に倒れる。
薄れていく意識の中、俺の勝利だけがあの無機質な声で告げられた。
『初級騎士試験、クリア。個体名：天地《あまち》灰《かい》……初級騎士（光）獲得。転送します』

第六章 ようこそ、アヴァロンへ

The Gray World is Coloerd by The Eyes of God

終わりを告げた音声に俺は安堵《あんど》し、目を閉じる。

「よかった、帰れるのか……とりあえず帰ったら」

俺は血が滴る左腕を押さえながら、目を閉じた。

「病院いかないと……」

視界が暗転したと思ったら俺はいつもの家にいて天井を見つめていた。

幸い鞄《かばん》の中にはスマホがある。

もう一歩だって動けないが、最後の力を振り絞り、鞄からスマホを起動。

田中《たなか》さんへと助けを求める。


「……これが噂《うわさ》の知らない天井か」

俺が目を覚ましたのは病院のベッドの上だった。

真っ赤な血が管を通って俺の身体へと繋《つな》がっている。

どうやら輸血されているらしい。

「よかった……起きたか、灰君……全く心臓が止まるかと思ったじゃないか」

声のする方を向くとそこには田中さんが座っていた。

仕事を途中で抜けてきてくれたのかスーツ姿で、俺の横でPCを開き仕事中だった。

忙しいのに、申し訳ない。

「すみません、迷惑をかけて……でも田中さんがすぐ出てくれてよかった。死ぬところでした」

「本当だよ、みどりレベルの治癒魔術師の応急処置がなければ、本当に危なかった。ついたところには死にかけていたんだから……だが本当によかった……伊集院《いじゅういん》先生が言うには、外傷は治癒で問題ないし輸血で血は足りるから入院まではしなくてもいいとのことだよ。だが……左足首の火傷の跡は消えないそうだ。細胞が一部死んでいるから治癒も効果がない」

「そうですか……まぁ男の勲章ですね！」

俺は笑って答える。

足を見ると確かに火傷後のように見えるしこれが一生残るのかと思ったが、そこまで気にする必要はないかと笑い飛ばした。

「……強いな。みどりも心配していたが今日は別の治療が入っているからね、帰らせた」

「お礼言わなきゃ」

「そう言うと思って、お礼はいらないからねと言われているよ。みどりも少しは恩返しができたと喜んでいたから本当に気にする必要はない」

そう言って俺の頭をなでる田中さん。

俺はその表情を見て決心した。

「田中さん……俺の力のこと話しても良いですか？　あの日黄金のキューブで何があったか」

「いつでもいいとも、たとえどんな話でも受け止めるつもりだよ」

田中さんはまた同じようににっこり笑う。

俺はその表情に安堵して、あの日あったことを――隠していたことをすべて話すことにした。

「あの日俺はあの魔物達《たち》の部屋から転移しました。田中さん達が外に出た後、魔物達が解放され、俺は目を閉じたんです。でも目を開くと別の部屋にいました」

「……なるほど」

「そして言われました。攻略したと、そして……報酬として『神の眼《め》』を授けると」

「攻略……君の最後の選択はやはり間違っていなかったんだね。それで『神の眼』とは？

随分仰々しい名前だが」

「はい、紙とペンをお借りできますか？」

「あぁ」

俺は田中さんからペンと紙を受け取った。

そして田中さんのステータスを読み取り、書き写す。

田中さんは不思議そうにこちらを見るが、黙って待っていてくれた。

「それで与えられたのが、あの声がいう神の眼……それは俺の見る世界を変えました」

「神の目……まさかあの壁画の？」

田中さんが思い出しているのは、壁に描かれていた三角形の中心に目のマーク。

アイ・オブ・プロビデンスとも呼ばれる神の全能の目として有名なマークだった。

「はい、そしてその力がこれです」

俺はそのステータスを記載した紙を田中さんに見せた。

「……そんな、まさか……これは……」

俺は田中さんのステータスを紙に記載して手渡した。

名前：田中一誠《いっせい》
状態：良好
職業：魔導士（炎）【上級】
スキル：ファイアーボール、ファイアーウォール
魔　力：23450
攻撃力：反映率▼25％＝5862
防御力：反映率▼25％＝5862
素早さ：反映率▼25％＝5862

知　力：反映率▼100％＝2345０

「2345０……これは私が魔力測定機で測定した魔力量。公開していないし、灰君にも言っていなかったはずだ。それにスキル名？　そんな馬鹿な……」

田中さんがその紙を両手にとって見つめてぶつぶつと何かをつぶやき続ける。

俺は少しだけ、気まずそうに田中さんの反応をうかがっていた。

「灰君、これが見えるのか？　まさか全員？」

「……はい、それにこの武器もステータスがあります、あとキューブも」

俺はハイウルフの牙剣を見せる。

この剣がハイウルフのものだと俺には見るだけで分かると伝えた。

「ちょ、ちょっと待ってくれ。頭が追い付かない。ステータスは人だけじゃなく武器、それにキューブにもあると？」

「そ、それと魔物にも。多分魔力が影響しているものすべてです」

田中さんは天を仰ぐように、上を向いて背もたれにもたれ掛かった。

「……では君は魔物の強さも武器の性能も、キューブの状態もすべてわかるというのか？　数値として？」

「……はい」

「それはなんという……想像の遥《はる》か上をいかれてしまったな、何を言われてもいいように覚悟していたつもりだったが、この力があれば世界が変わるぞ」

そして俺は一番言いづらいことを言うことにした。

「……それでですね、多分これが一番驚くんですが……」

「なに？　まだあるのか……」

「キューブ、つまりダンジョンには初回攻略と完全攻略という2種類があって、報酬がもらえます。一度クリアされたキューブなら既に初回は終わっていて報酬はもらえないんですが……完全攻略はあまりされていません」

「完全攻略？」

「はい、キューブにはそれぞれ特定の条件があり、例えばソロで攻略する、ゴブリンを100体倒すなどです。この完全攻略をすると報酬として……魔力の最大値が増えます」

俺の言葉に田中さんが立ち上がる。

「……噂はされていたがキューブを攻略した際稀《まれ》に前より強くなるというのは……それか」

「多分……」

「ふぅ……これぐらいだろうか？　もうお腹《なか》いっぱいなのだが」

「細かいことを言えばまだまだあるんですけど……」

「はは……こうなったら全部聞こう」

俺はダンジョン崩壊や、クラスアップ、アクセス権限など今の俺の考察状況含めて全て説明した。

そして、俺の目的も。

「ＡＭＳ……世界を蝕《むしば》む病の詳細か……」

「はい、だから俺はこの力を上げてＡＭＳの詳細にアクセスできるようにしたいんです。方法は分かりません。でもダンジョンだけが、あのキューブだけが解決方法を知っている気がして」

「そのためにソロで攻略し、強くなると」

「……はい！」

俺は田中さんに真っすぐに気持ちを伝えた。

ソロで攻略するということは想像を絶するほどに危険だ。

それは俺が一番良く知っている。この短期間で何度死にそうな目にあったか。

だからこそダンジョン協会ができ、ギルドができ、ダンジョンに入るためにダンジョンポイントという制度を作ったのだから。

俺はそれを破ると言っている。攻略者資格を剝奪されても文句は言えない。

「死ぬかもしれないんだよ、ソロとはそれほどに危険なんだ」

「覚悟の上です」

「……」

「……」

俺と田中さんは真剣な目で見つめ合う。

数秒後、田中さんが堪《こら》えきれないと笑いだした。

「……ふふ、ははは。君に覚悟ができていると言われたのなら信じるしかないね。私としては」

田中さんはきっとあの時の、心の試練のことを言っているんだろう。

確かにあの時俺は死を覚悟して他の2人の命を助ける選択をした。

もちろん、凪《なぎ》を助けてもらえるという打算があったにはあったのだが。

「そうですね、止めても無駄ですよ？」

「……本当は止めるべきなのだろうね。でも……」

田中さんは俺の手を握った。

そして、また同じ目をして俺を見る。

「その力が君に与えられたのにはきっと理由がある。だから私はせめて君を支えよう」

「田中さん……」

「それとね、その力のこと、他の人に話すべきじゃない。君が、君だけがその力を使って強くなるべきだ。はっきり言おう、その力、悪用すれば世界が変わりかねない、それこそ悪意ある力が君を襲うかもしれない」

「それって……」

「日本なら、相手が日本人なら私のギルドが、この国が君を守ってあげられる。だが……

わかるね。誰が相手になる可能性があるかを」

「国ですか？」

田中《たなか》さんは、静かにうなずいた。

世界のパワーバランスを崩しかねないこの力は、日本という国の力を使っても守り切れないかもしれない。

中国、アメリカ、ロシア、アジア、欧米列強。

世界的に見れば攻略者の強さは中堅国家である日本。

そうなったとき、俺の未来はどうなるのか。

物言わぬただの鑑定機にされてしまうかもしれない。

この眼をえぐられるかもしれない、危険な存在だと殺されるかもしれない。

それは想像するだけで怖かった。

世界という力は今の矮小《わいしょう》な俺ごときでは抗《あらが》う事すら許されないだろう。

「だから最低S級に、日本を代表する攻略者になりなさい。それならば君に手出しできるものもいないとは言わないが少なくなる」

「お、俺がS級ですか!?」

「そうだ、私がサポートする。基本的にダンジョンポイントのせいでダンジョンは一人では入れない。だから君は田舎のキューブをソロで攻略していたんだろう？」

「……そうです。ルールを破ってました」

「だから私も破ろう。協会には嘘《うそ》の申請をすることになるがね。なに私ならバレずにできるし証拠も残さない」

「それは……いいんですか？　ばれたらまずいんじゃ」

「犯罪行為だ。だが時にルールよりも守るべきものはあるはずだ。私は君を信じるし、それこそが私の正義だと今確信している。その力が君に与えられた意味もなんとなくね」

田中さんほどの立場の人がルールを破ることの意味が分からない年じゃない。

それでも俺は頼ることにした。

ルールよりも守るべきものが俺にはあるから。

「……わかりました。よろしくお願いします！」

「あぁ、任された。ということで……今度はコネじゃなくちゃんと言えるね」

田中さんはベッドに座る俺の肩を握る。

「ようこそ、我がギルド、アヴァロンへ。君を歓迎する」

「え？　俺がアヴァロン所属ですか!?」

「そうだ、所属だけでもしておいてくれ。いろいろと便利になる。明日にはD級のダンジョンにソロでいくつか潜れるように手配しよう。今の君はC級の下位なんだろう。そのレベルがちょうどいいはずだ。できるだけ早くダンジョンに行きたいんだろ？」

「はは、ばれてますか？　実は家族のためとかかっこつけていますが、今すごく楽しいです。それに新しい力を試したい」

俺の本心を田中さんに見抜かれて少し恥ずかしくなる。

凪のためというのは本当だし本心だ。

それでも俺はダンジョン攻略が楽しく、成長していくことに達成感を感じている。

「わかるよ、ダンジョンは男のロマンだ。それに君は成長できる、それが楽しくないわけがない。では私は仕事に戻るよ。また連絡する。しっかり休みなさい」

「お願いします！」

そうしてその日は田中さんはそのまま帰った。

とても有意義な話ができたし、今後後ろ盾が得られてダンジョン攻略も田舎まで行かなくて済むようになった。

といってもばれないように、時間は夜に活動することが多くなったが。


それから俺は田中さんの手助けもありD級キューブを次々と攻略していった。

しかし正直ヌルゲーだった。

なぜかと言うと、俺は昇格試験を経て職業初級騎士（光）を手に入れていたからだ。

それに合わせてステータスの反映率の上昇とあの透明になるスキル、ミラージュを手に入れた。

破格の性能で、俺はサクサクとダンジョンを攻略する。

そんな日々が2週間経過した。

「田中さん、そろそろC級にチャレンジしたいと思ってます」

俺は田中さんの部屋に来て相談していた。

アヴァロンのギルドバッジを付けて完全にギルドメンバーとしてだ。

このギルドバッジを付けているだけで尊敬されるのだから、まるで将軍の印籠だな。

「あれから……2週間だよ？　時期尚早じゃないのか？　確かに君は強くなったと思うが。C級からは難易度が跳ね上がる」

正直D級のダンジョン攻略がマンネリ化していてこれ以上は成長が遅いと思う。

なんせ1つ攻略しても魔力が100しか増えない。

しかし、と言えるあたり元々5の魔力しかなかった俺の感覚もマヒしてきているのだが。

仮に田中さんに追いつこうと思ったらD級では300個近くのダンジョンを攻略しなければならない。

それは日本だけじゃなく、海外のダンジョンまで視野にいれなくてはいけない量だ。

「頑張ります。だからお願いします！　ミラージュの力を使えば結構余裕があると思います」

俺は田中さんに精一杯お願いする。

ミラージュの力は、俺よりも知力が低い敵に俺を視認させない力だ。

格下相手にはチートといえる。

だが、田中さんの表情はあまり優れない。

「うーん、そうだな……じゃあ1つ条件がある」

「なんですか!?」

「その話の前にね、少し話は変わるが、君の攻略者資格だけどC級に変更しておいたよ。稀に起きる魔力成長現象だと説明しておいた」

「あ、そうなんですね。了解です」

知らずにキューブを完全攻略した人や、初回攻略した人が前よりも強くなったことを、魔力がまるで成長したように見えることから魔力成長と呼んだ。

しかし本来魔力はいくらキューブを攻略しようとも成長しない。

そのためとても珍しい現象ではあるが一定数観測もされているのでそういう制度もある。

「C級ほどあれば何かと便利なのと……実は頼みたいことがあってね」

「なんでしょう……」

田中さんが不敵な笑みを浮かべながら机から何か資料を取り出した。

攻略者の情報と、一人の女性の写真が入っている。

「C級ダンジョンにアヴァロンのメンバーとしてパーティー攻略してほしい。まだC級ダンジョンには入ったことがないだろう？　まずは空気をつかむといい。良い機会だと思ってね」

「それは良い考えですね。それなら安全です。それが頼みたいことですか？」

田中さんの提案は、一度も入ったことがないC級ダンジョンにパーティーとして潜れということだった。

俺はその提案を受け入れる。

いきなりC級をソロよりは、どんなものかパーティーで一度攻略した方が安全なのは確かだ。

だが、この攻略は普通の攻略ではないようだった。

「あぁ、実はね、うちに特殊な依頼が来ている。ある人がダンジョンに潜るからその護衛をしてほしいと」

「護衛……ですか、珍しいですね。お金持ちかなんかです？　酔狂な人もいるもんだ。ダンジョンに入りたいなんて」

「あぁ。それがこの女性なんだがね？」

そう言って田中さんが俺に見せたのは1枚の写真。

「……高校生ぐらいですか？　すっごい美人ですね……どこかで見たような……」

俺はその写真を見る。

黒髪でロング、姿勢が綺麗《きれい》で、スタイルがいい。

釣り目というか、目力というか、鋭い眼光は見ているだけで緊張する。

正直めっちゃ美人だなと思ったし、真っ黒な制服で全身黒尽《ず》くめはドキッとさせられる。

でもどこかで見たことがあるような……。

「日本ダンジョン協会会長、龍園寺《りゅうえんじ》景虎《かげとら》さんは知っているね？」

「そりゃもう、S級として一時代を築いた攻略者ですしね。俺の、いや全攻略者の憧れです。拳だけで魔物達《たち》を粉砕する動画は何度見ても爽快です。武術の達人だとか。でももう引退されたと」

「あぁ、あの人ももう70過ぎだからな、正直全然元気だし、私なんぞ片手で制されるだろう。本人はダンジョンに潜りたがっているが、全員で必死に止める毎日だったよ」

そう言う田中さんは、会長と知り合いのようだった。

どこか懐かしいような目で上を見上げている。何かあったんだろうか。

「失礼。でだね、この少女、名を龍園寺彩《あや》という。つまりは会長のお孫さんだ」

「お孫さん!?　超ＶＩＰじゃないですか!?」

日本ダンジョン協会の会長、つまり日本で一番ダンジョンに関する偉い人。

本人もS級として莫大《ばくだい》な富を築いた超セレブでもある龍園寺景虎、そのお孫さんの彩さん。

「そう、今年高校を卒業されてね、18歳になった。だから同い年だね。それで攻略者資格を取得されたんだ。一度ダンジョンに潜ってみたいらしい……それで同行するようにと我がギルドに依頼がきた。彼女は魔力に興味を持ち、高校生ながらに最先端の研究を行っている」

「そうですか……それは責任重大ですね」

「そうだね、だからB級で固めようとも思ったのだが、それはダンジョンポイントのルール違反だと本人がね……はは。気の強いお嬢さんでね。景虎さんのお孫さんだよ、本当に」

田中さんの話だと、正しくダンジョンポイントという制度にのっとったメンバーで構成してほしいとの依頼だという。

本人はダンジョンを攻略したいのであって、護衛されたいわけではないとのこと。

だからせめてと、攻略するダンジョンはC級を選択した。

B級からは本当に危険であり、初めてで入る場所ではないという理由からだ。

そのため、ダンジョンポイント制度にのっとってC級上位3名、B級1名で護衛することになったらしい。

「そこに君も行ってほしい。はっきり言うと今の君はC級を逸脱しているし、今回の件に関して一番適任だと思っている。一石二鳥だし、お孫さんに顔が売れるかもしれない。玉《たま》の輿《こし》だぞ？　しかも超美人だ」

「はは、了解です」

俺は田中さんのちょっと親父《おやじ》っぽいセリフに乾いた笑いを浮かべながら了承することにした。

C級ダンジョンをベテラン達と安全に攻略できるなら俺としては断る理由などない。

「あ、そういえばそのお孫さん……彩さんでしたっけ？　等級はなんなんですか？」

護衛というからにはD級、それともC級辺りだろうか？

すると田中《たなか》さんからは信じられない言葉が飛び出した。

「……S級……魔力量……32万の化け物だよ」

「……護衛いらなくねぇ？」

俺は思わずため口をついてしまった。

「いらないっすよね？　護衛。だってワンパンですよ、そんなの、全部ワンパン。俺なんてデコピンだけで頭が吹き飛びます」

Ｓ級とは人知を超えた存在だ。

一人で国すら滅ぼしかねない、化け物だ。

目に弾丸を撃ち込まれたってはじき返す、近代兵器なんて鼻で笑う。

日本に数人しかいないその化け物を護衛するなんて馬鹿なことを言わないでほしい。

鼠《ねずみ》に襲われている象に護衛がいるか？

いらないだろう。そんなもの、相手にもならないのだから。

「それがだねぇ……彼女は戦えない。というか力がない」

「……どういうことです？」

俺はその田中さんの発言に眉をひそめる。

魔力量はＳ級、なのに戦えないとはどういうことだと。

「それがわからないんだ。ただ魔力測定では確かにそれだけの魔力がある。しかし力は一般人と大して変わらない。原因不明なんだよ」

「それは……」

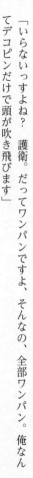

「だから君に見てほしい。君なら、君のその眼《め》なら原因がわかるかもしれない」

「そういうことですか。実はそっちが本命ですね？」

「ふふ、勘のいい子は好きだよ」

俺はその依頼を引き受けることにした。

単純に興味がある。それほどの魔力で弱いというのは訳が分からない。

S級、その神のごとき存在が一般人と変わらないなんて何の冗談だと。

それから予定を聞いて、会長の孫とダンジョンに潜るのは今週土曜日となる。

俺はそれまで同じようにミラージュを使用して、ばれないようにD級ダンジョンを攻略することにした。


～お嬢様の護衛の日。土曜日、昼。

俺は集合場所である東京都内C級ダンジョンへとつながるキューブに向かおうと準備していた。

思ったより早く出てしまったので、ついでだとボサボサの髪を切って身だしなみを整えてから行くことにする。

「結構さっぱりしたな。ガタイもなんか魔力のせいかよくなったし、結構いけてる気がする」

身だしなみを整えた俺は、案外見た目は悪くないのではないか？と街のガラスに映った自分を見る。

まぁそんなわけはないと集合場所へと向かった。

「集合10分前だ。あれかな？　C級……通称桜キューブか。ピンクで綺麗だけど……」

俺達が今日向かうダンジョンは、人通りが多いビル群の中にある。

バリケードが設置されてダンジョン協会の社員だろうか、黒スーツの人が警護している。

この糞《くそ》暑い中ご苦労様ですと言いたくなるが、あれがダンジョン協会の正装なので仕方ない。戦う国家公務員だ。

多分今日は龍園寺彩さんの警護のためにわざわざ来たのだろうか。

俺はそのまま攻略者が集まっている集合場所へと向かう。

「お？　君が噂《うわさ》の灰《かい》君だね！　よろしく！　今日はリーダーを担当する益田《ますだ》です」

「よろしくお願いします」

俺はそのホワイトニングしてそうなほどに真っ白な歯でさわやかな笑顔を向ける益田さんと握手する。

この人がアヴァロン所属のB級攻略者で、今日のリーダー。

大きな剣を持っていて、身体も大きい。とても強そうだしいい人そうだ。

年は20代後半かな？　髪も染めてちょっとだけイケイケの兄ちゃんという感じ。

俺は他のC級の攻略者にも挨拶をする。

本社で見たことのある人も多いが話すのは初めてだった。

しかし全員人柄がよく、さすがはアヴァロン、社員の内面まで重視しているだけはある。

「しかし変な依頼にあたったね。まさか会長のお孫さんの護衛とは。基本的には私とこの水口《みずぐち》の2人で進む。他メンバーはお孫さんを囲むように警戒してくれ」

「了解です」

作戦は至ってシンプル、B級の益田さんとC級上位の水口さんで攻略するので、俺達残り3人はお孫さんを守ればいいとのことだった。

俺としては魔物との戦闘もしたかったが、ステータスを見て内部の雰囲気を摑《つか》めるなら我慢しよう。

俺達は内部の地図を見ながら作戦会議を行う。

30分ほどの作戦会議が終わったあと、その場で待機しているとそれは来た。

長いほどに偉いのですとでも言わんばかりの巨大リムジン。

よくこの長さでこの狭い国の道を曲がれるなと思ったが運転手の技術は相当なのだろう、公道最速理論でも提唱しそうだ。

そのたらこ唇の運転手にドアを開かれて中から現れたのは、一人の女性。

腰まで伸びているのに、しっかり手入れされた黒髪はサラサラだった。

耳には綺麗で高そうな紅《あか》いピアスが怪しげに揺れる。

化粧は最低限のナチュラルメイク。

それでいて素材が良すぎるのか、目力がすごく気が強そうで思わず目をそらしてしまう。

動きやすい服装のようだが、全体的に黒い。

黒が好きなんだろうか。でもあの服は多分、上位の魔力で編まれた装備だ。

それに全体的に黒なのに首に下げた真っ赤な宝石のネックレスがとても印象的だ。あれは魔力石だな。

「直接見るともっと美人だな……」

俺は見惚《みと》れてしまった。

立ち居振る舞いが綺麗《きれい》とはこのことだろう、歩くだけで気品がある、まるでモデルだ。

それでもどこかお嬢様っぽいなとも思う。

両手を組んで、見下すようなポーズをとり、鋭い視線で俺達を品定めする。

お嬢様というか女王様というのだろうか、生まれてからずっと人の上に立つことを命じられたその仕草は一切の不快感を与えない。

ちょっとだけゾクゾクしてしまうのは、悲しいかな、あちらは女王の資質を持つのに対して、俺は性根から奴隷根性がしみ込んでいるせいだろう。

「……はじめまして、龍園寺彩です。今日は無理言って参加していただきありがとうございます。じゃあいきましょう。時間がもったいないので」

目だけで合図して一瞬で俺達のリーダーに変わったその少女は、すたすたとキューブに向かって歩いていく。

俺は後ろから龍園寺《りゅうえんじ》彩《あや》さんのステータスを見た。

そして気づく、なぜ彼女が神のごとき魔力をもって一般人並の強さしかないのかを。

「……そういうことか、君のステータスは」

名前：龍園寺彩
状態：良好
職業：アーティファクター【覚醒】
スキル：アーティファクト製造Lv1
魔　力：325040
攻撃力：反映率▼0％＝0
防御力：反映率▼0％＝0＋2000
素早さ：反映率▼0％＝0
知　力：反映率▼200％＝650080
装備
・黒龍の羽衣：防御力＋2000
・紅龍眼の魔石（未加工）

彼女は特別な職業のようだ。

そして知力以外の反映率が0、つまり戦えない。

アーティファクターなんてアヴァロンの攻略者に一人もいなかった。

だが名前から察するに何かを作るのだろう。例えば武器職人という職業は一定数存在しているし、田中《たなか》さんのギルドにもいた。

魔力を帯びた装備品を作り出せる職業の人達《たち》。

じゃあアーティファクトとは何を指すんだろう。

しかも職業は覚醒？　上級の上ってこと？

全然知らない単語ばかり出てきたな。

俺はさらに職業のアーティファクターを見つめる。

詳細を見たら何かわかるかもしれない。

属性：職業
名称：アーティファクター
効果：魔力反映率に影響する装備を作成可能な職業
製造方法：現在のアクセス権限Ｌｖでは参照できません。

属性：スキル

名称：アーティファクト製造Lv1
効果：魔力反映率に影響する装備を作成可能。レベルと知力に応じて、クオリティに影響。
作成量に応じてレベルは上昇する。

「ふむふむ、よくわからん。ってか知力65万って化け物すぎるだろう」

そのスキル説明を見ても俺はよくわからなかった。

ただそのまま読むのなら魔力反映率、つまり魔力から攻撃力などに変換する％が変更されるような装備が作れるのだろうか。

俺が視線を彩さんに向けてぼーっと考察していると、すたすた進んだお嬢様からお呼びがかかる。

「天地《あまち》さんでしたね。早くしてくださいますか？　時間を無駄にはしたくありませんので」

「あ、す、すみません」

俺は頭を下げながら小走りで近づく。

（怖い子だな……これで同い年？　ほんとに？）

まるで興味ないと俺からすぐに視線をキューブへ移すお嬢様。

「龍園寺さん、こちらこのキューブの地図です」

するとリーダーの益田さんが印刷しておいた紙の地図をお嬢様に手渡そうとした。

しかし、腕を組んだまま龍園寺さんは拒否する。

「結構です、すべて覚えてきましたので」

「すべてって結構複雑ですけど……」

「……二度言わせないでください。覚えてきました」

言い返した益田さんをビームでも出そうなほど鋭い目で睨《にら》む龍園寺さん。

俺は再度思った、怖いと。

まるで女王のような冷たい目は、同い年であることを忘れさせる。

「し、失礼いたしました。ではいきましょう！　ご案内します、龍園寺様！」

益田さんがへこへこと頭を下げてへりくだる。

もうすでに龍園寺様と言っているあたり調教されてしまったのだろう、アーメン。

それにしても態度が悪いわけではないが、言葉が強くて怖いな。

それでいて不快感がないあたり、やはり生まれ持った女王様気質。

益田さんが嬉《うれ》しそうにしているが、これが従属する喜びなのだろうか。

確かに年下の美人に支配されるのは少しだけいけない気持ちになりそうだ。

というか相手は春まで高校生。益田さん嬉しそうだけどほぼ犯罪だからね？

龍園寺さんがそのままキューブへと歩いていく。

C級のダンジョンが広がっているピンク色のキューブ。

通称桜キューブは、まるでピンクダイヤモンドのように美しい、

「これがダンジョン……綺麗……」

キューブの前に立ち、龍園寺さんはため息を吐《つ》いた。

確かにキューブは綺麗だ。まるで宝石のように煌《きらめ》いている。

特に桜色は女性に映える、ただし中はそんな甘いものではないのだが。

「ひゃ!?」

「え?」

龍園寺さんがキューブに触れた瞬間、凛《りん》という音と共に水面に波紋が広がるように
キューブが波打つ。

聞こえてこないはずのかわいらしい声がどこかから聞こえてきて、全員が龍園寺さんを
見た。

すると龍園寺さんが顔を赤らめながら少し大きめの咳払《せきばら》いをした。

「んん!!　ではいきましょう。益田《ますだ》さん、指示を」

「了解いたしました!　龍園寺様!」

そして俺達はダンジョンへと向かった。

中心に龍園寺さんを挟み込むように、キューブの中に入る。

特に変わった様子もなく、中は洞窟タイプのダンジョンだった。

「ここがダンジョンの中ですか……不思議ですね。全く理解できない。転移……魔力もで
すが使うことができても、一切原理がわからない」

龍園寺さんはあたりを見渡すように、てくてくと歩いていく。

壁を触ったり、床を触ったりまるで研究するように。そういえば田中さんが研究者として海外で論文を出すほどには頭がいいと言っていたな。

多言語マスターで、高校生の頃から海外を飛び回っていたと。

「それに……」

すると一体の鬼が物陰から現れる。

ゴブリンの上位種だろう。ゴブリンにしては部族のような服に体格はすでにプロレスラーのようだった。

しかし益田さんによって一撃で殺される。

C級といえどB級の相手にはならないだろう。

そして倒れた鬼を龍園寺さんが触った。

「……ダンジョンの中では初めて触りますね、これが魔物。内臓器官は正しくあり……女性を凌辱《りょうじょく》する本能を持つ。なぜ？　なぜ人を襲うの？」

突如龍園寺さんが腕まくりをして、手を死体に突っ込む。

「……魔力石、これも文献通りの場所にありますね。……益田さん汚れました。タオルを」

「はい！　私の服で――ごほん、失礼。ほら、灰君《かい》！　荷物の中からタオルお出しして！」

俺は預かっていた荷物の中からタオルを取り出し、龍園寺さんに水と共に手渡そうとした。

しかし、龍園寺さんはその白くて汚れを知らない美しくしなやかな腕を俺に差し出す。

「？」

俺は首をかしげる。

「かけてくださいますか？　今手が離せなくて」

そう言う龍園寺さんは、魔石を色んな角度から興味深そうな目で見ている。

その集中力たるや俺のことなど一切視界に入れてくれない。

スマホを取り出し、写真を収め一心に何かをメモしている。

「わ、わかりました」

俺は冷たい水をかけてタオルで血をぬぐった。

細いのに、やわらかいのはやはり女性の身体《からだ》だった。そう思うと少しドキドキする。

横で益田さんがうらやましそうにしているが、さっきからあなた犯罪すれすれですよ。

その後もダンジョン攻略はサクサク進んだ。

といっても龍園寺さんが何かあるたびに興味深そうに調べるため、そこまで早くいかなかったが。

「このまま何も起きなそうだな、よかった」

ダンジョン攻略は特に問題なく進む。

所詮はC級ダンジョン、何も起きないと俺達の気は緩んでいた。

俺も同じ、何事もなく終わるだろうと。

だが俺達は護衛の任務という意味をまだ理解できていなかった。

龍園寺彩、彼女に護衛が必要な本当の意味と、この世界には魔物よりも怖い存在がいるということを。

◇同時刻、外

「はぁ……眠い。暇ですね……」

灰達が攻略しているC級ダンジョンのキューブ。

そこで警備しているダンジョン協会の職員達、彼らはD級以下であり、ダンジョンに関する業務は行うが基本的に攻略は行わない。

「まぁ、お嬢様が攻略しているし仕方ない。会長の命令だからな……といっても会長はNYで世界中の代表達と会議中だが」

「儂《わし》が一緒にダンジョンにいく!! ってしつこかったけどよかったよ。あの年でよくやるわ」

「ははは、それでも全然現役いけるだろうけどな」

「ちげぇねぇ。拳神の名はだてじゃねーだろう」

2人の警護があくびしながらも笑い合って談笑していた。

それでも目を光らせてキューブに誰も触れないように警護する。

その時だった。

「!?」

警備していた一人の視界が暗転し、突如世界から光が消える。

何か異変かとあたりを見回すが一瞬で世界は日常を取り戻した。

「な、なんだ？　飛行機？　今一瞬暗く……」

「どうした？」

「いや、なんか真っ暗になったと思ったんだけど……あれ？　気のせいか？」

「はは、疲れてんじゃないか？　ずっと空は晴天だぞ」

「そ、そうかな……」

眼《め》をごしごしとこすり勘違いだったかと首をかしげ、警備に戻る。


ダンジョンの中。

黒いローブに身を包んだ何かがダンジョンに入った。

漆黒に身を包み、闇を纏《まと》って誰にも気づかれず。

その男は入るや否や、まっすぐに走り出した。

その姿はまるで『闇』のようだった。

◇灰視点

「そろそろボス部屋も近いですが、いかがいたします？　龍園寺《りゅうえんじ》様」

「……名残惜しいですがこのまま攻略してしまいます。十分見たいものは見られました。今日は無理を言って同行していただきありがとうございました。皆さんのおかげでとても有意義な時間が過ごせました」

そう言って龍園寺さんは全員に頭を下げた。

少しの間彼女と一緒に攻略してわかったが、言葉は強く悪く言えば偉そうだが根はとても礼儀正しく良い子だった。

まぁいきなり知らない男に腕を拭かせるあたり、少しその辺の感覚がおかしいなとも思ったが過保護に育てられたのだろう。

少し世間一般とはずれているが、それでも俺は結構この子に好感を持っていた。

ツンツンしているクール系お嬢様と思えば可愛《かわい》いものだ。

こういうのは何というんだろうか、ツンデレ？　クーデレ？　まだデレは見たことないが。

俺達《たち》は少しだけ笑い合う、益田さんが嬉しそうにニコニコして頭を照れ隠しでかく。

俺達が和やかな雰囲気で笑っている時だった。

（ん？　今なにか……）

俺が違和感を覚えた瞬間だった。

違和感、いやどちらかというと寒気だった。

まるで首筋にナイフが触れているかのように。

心臓を握られているかのように。

幾度も感じてきた死の恐怖。

誰よりも弱かった俺は誰よりもそれをたくさん感じてきた。

それはあたかも小動物が持つ本能のように、強者に生まれなかったからこそ持つ感覚。

だからだろう。

剣先を向けられたような寒気……突如俺の心がざわめいて——。

「いえいえ、そんな。私なんて、龍園寺様とご一緒できてしあわ……!?」

——武器を握れと叫び出す。

「ゴホッ!?」

「益田さん!!」

俺達の前で笑っていた益田さんの胸から黒い刃が突き出てきた。

背後からの一撃。心臓を一突きにされ益田さんの眼から光が失われる。

唖然《あぜん》とする俺達の前にもはや肉となった益田さんがどさっと倒れる。

その背後から現れたのは。

「敵だぁ!!!」

混乱する頭を必死に動かし、俺は叫ぶ。

さすがにアヴァロン所属の攻略者はよく訓練されており、すぐさま武器を構え円を描くように龍園寺さんを守る。

益田さんは……あの傷ではたぶん即死だろう。

「……な、なんだ!?　なにがおきてんだよ!!」

水口《みずぐち》さんが叫びをあげた瞬間だった。

突如聞こえてきた見知らぬ声。

言った言葉は、闇の言葉。

「……ダークネス」

突如世界は光を失い、闇に落ちる。

俺の視界は暗転し、ただでさえ薄暗い洞窟は完全な闇となる。

「な!?　こ、これは!?」

どうやら視界を奪われたようだった。

真っ暗な中、水口さんの焦る声と他の攻略者の声だけが聞こえる。

ザシュッ
それは一瞬だった。

なにかが切られる音がした。

暗闇の中、断末魔と肉が切れる音がした。

「敵です!!　私達の周りをすごい速度で走り回ってます!!」

叫んだのは龍園寺さん。どうやら彼女には見えているようだ。

だが俺を含めて全員の視界が暗転し、周りは闇しか見えなかった。
俺は理解できなかった。
一体何が起きている、俺達の視界が消えたのか？
暗い部屋、まるで暗殺者のように。
その時俺は思い出す。
見えない敵になら、俺のこの力がもしかしたら。
だから俺は神の眼を発動し、意識を集中する。
この目ならばきっと、見えるはずだから。
俺の眼は黄金色に輝いて、暗闇の中を照らし出す。
闇の中を揺らめく陽炎《かげろう》が、２つ。
１つは俺の隣で小さくなっている少女。
そしてもう１つ。
俺に向かって高速で迫ってくるのは黒い魔力。
ならばそこに。
「ぐぅっ！」
「ほう……よく止めましたね。勘ですか？」
敵がいる。
認識した瞬間その姿が俺には見えた。

俺の首に向けられた刃を、ギリギリのところで受け流す。

暗闇が開け、その敵は俺に姿を現した。

「なんなんだ、お前は!!」

その男は止められるやいなや、一度俺達から距離を置いて、話し出す。

黒のローブを脱いだかと思ったらそれでも全身黒尽《ず》くめ。

外国人だろうか、金髪でくせ毛、そして青い瞳が俺を見る。

「……ふむ。ダークネスは効いていたはず。なのに勘ですか？」

黒い剣を片手で地面に突き刺して、右手で顎に手を当てながら首をかしげる。

俺はその黒尽くめの男に剣を向けて再度問う。

「先に俺の質問に答えろ。お前は誰だ」

「……ふふ、そうですね。これは失礼しました」

その男はまるで礼儀正しい挨拶をするように、俺達に向けてお辞儀した。

「初めまして、私はフー・ウェン。そこのお嬢さんを殺しにきました……あなたはついでです。では、さようなら……ダークネス」

突如そのフーと名乗る男は、お辞儀しながら俺を見てつぶやいた。

俺の世界から光が消えて、真っ黒な世界に落とされる。

それでも俺のこの眼なら。

「!?　……まぐれではない？」

魔力を纏ったものが見える。

振り下ろされた剣を俺は再度受け止める。

しかし、正直ギリギリだった。

見えているが、そもそもの魔力量と実力に差がある。

しかし理由が分からないと警戒した男は一度俺達から離れ、世界に光が戻る。

「あなた何者です？　ここにはC級ないしB級しかいないはずですが？」

「……お前の目的を教えてくれたら教えてやるよ」

「……ふふ、私の目的はそのお嬢さんを殺すことだと言ったはずですよ？　憎きダンジョン協会、その日本の会長の娘を殺す。しかも魔力だけはS級だ。それが私があの方に与えられた使命。我らが教祖様のために」

「なにを……」

すると俺の腕の中にいた龍園寺さんが口を開いた。

「……おそらく彼らは滅神教です。ダンジョン協会を敵とし、上位魔力を持つ存在こそが世界を統べるべきだと考えているカルト教団」

「滅神教？……超極悪な犯罪組織じゃないですか！」

俺はニュースのみで聞いたことのあるその名前を声に出す。

海外で大きなテロがあると大体この教団が絡んでいる。

世界最大の犯罪組織とすら言われ、魔力が強いものが弱い者を支配するべきであると掲げ、そしてダンジョン協会を目の仇《かたき》にしている。

「いま……なんと言いましたか？」

すると先ほどまで軽い雰囲気だったフー・ウェンと名乗る男の表情が一変した。

「私達を犯罪組織と言ったのですか？　ふざけるなぁぁ！！！」

突如起こる魔力の放流。その怒りはダンジョンすらも震えさせるかと思われた。

「私達は世界を解放しようとしているのです!!　神が支配したこの世界を！　あの憎き神がかすめ取った世界を!!　その大義がなぜわからん!!」

突如フーが怒りに任せて俺に突撃し、ただ力だけで剣を横なぎにする。

俺は龍園寺さんを突き飛ばすようにして逃がし、両手で剣を掲げてフーの一撃を受け止めた。

しかし。

「ぐわぁぁ!!」

俺は盛大に吹き飛んだ。

勢いそのまま後ろの壁に激突する。

ずるっと壁にもたれ掛かったまま俺は地面に座り込んだ。

衝撃で肺の中の空気がすべて吐き出され、意識を失いそうになる。

それでも俺は顔だけ上げて神の眼でフーと名乗る男のステータスを見た。

俺はD級ダンジョンをこの数週間回り続け、50回近く周回している。

D級ダンジョンの完全攻略は一度で100~200の魔力を得られ関東のD級キューブは田中《たなか》さんの助力もありほぼすべて攻略したといっていい。

その結果俺の魔力は6000近く上昇した。

それはB級の上位として扱われる力。

しかしこの目の前の相手は。

名前：フー・ウェン
状態：狂信
職業：魔剣士（闇）【上級】
スキル：ダークネス
魔　力：10500
攻撃力：反映率▼50％＝5250＋1000
防御力：反映率▼35％＝3675
素早さ：反映率▼50％＝5250＋1000
知　力：反映率▼40％＝4200
装備
・黒狼《こくろう》の牙剣＝攻撃力＋1000
・黒狼の毛皮＝素早さ＋1000

俺は意識を失いそうな目でその男のステータスを確認した。

「A級……状態が狂信……」

狂信と書かれたその状態は気にかかるが、しかしそれよりも今大事なのは鍛えあげたはずの俺のステータスよりも遥《はる》か上なこと。

その男はほんの一握りの上位の覚醒者。

田中さんと同等のA級に該当する魔力を持った敵だった。

名前：天地《あまち》灰《かい》
状態：良好
職業：初級騎士（光）【下級】
スキル：神の眼《め》、アクセス権限Lv1、ミラージュ
魔　力：6185
攻撃力：反映率▼50％＝3092＋120
防御力：反映率▼25％＝1546
素早さ：反映率▼25％＝1546
知　力：反映率▼50％＝3092
装備

・ハイウルフの牙剣＝攻撃力＋120

「ふぅ……私としたことが少し興奮してしまいましたね」

フーは、灰を全力で突き飛ばし、何もない天井を見ながら手で顔を隠し心を落ち着かせる。

そしてゆっくりと龍園寺《りゅうえんじ》彩《あや》へ向かって歩きだした。

その手に持った黒い剣を嬉《うれ》しそうに弄びながら、早く切りたいと言わんばかりに。

「い、いや……」

気高い少女は、その狂気をはらんだ笑顔に尻餅をついて怯《おび》えていた。

真っすぐ当てられた本気の狂気と殺意。

それは高い魔力を持っても一般人の彩では耐えることができないほどに、人の心を壊す。

その様子を見てフーは楽しむように傍《そば》に転がっていた益田《ますだ》の首を蹴って少女にぶつける。

人の頭だったものはまるでボールのように飛んでいき、彩の顔に直撃した。

「痛っ!?」

唇を切って口から血が出て、頬を殴られたような痣《あざ》ができる。

その痛みと目の前に転がる首を見て、彩は実感してしまった。

今死というものが目の前まで来ていることに。

「いいですね、その表情。神の傀儡《かいらい》達の恐怖の顔は最高です。できればあなたのおじい様にもお見せしたかった。一体どんな顔をするのでしょうね。あの忌々しい死にぞこないの老兵は」

彩の引きつる顔を見て、光悦の表情を浮かべるフー。

「な、なんで……私を殺すの」

「我らの主張を世界に届けるため。誰でもいいのです、有名であればあるほどにいい。あなたのような可憐《かれん》な少女を残虐な方法で殺すことで世界は我らの存在をしっかりと胸に刻み込む。だから首だけにして世界中に晒《さら》してあげますね。世界から笑いものにされるといいでしょう」

満面の笑みでフーは彩に笑いかける。

その表情は狂気そのもの。およそ人が嬉しい時できる笑顔ではなかった。

妄信者、狂信者とでもいうべきその顔は彩の恐怖を呼び起こすには十分だった。

「く、首……い、いや……」

「首を切られるのは嫌ですか？　う～んでは、こうしましょう。四肢を切断して我が教団で飼ってあげましょう。その映像を世界に公開するのもなかなか素晴らしいとは思いませんか？　そうだ、それがいい。殺すより楽しそうだ」

悪魔のような提案をするフー。

彩は想像するだけで身震いするような提案に、吐き気すら催した。

　それは死よりも恐ろしいと思った。

「それにあなたはなかなか容姿に恵まれているようだ。我が教団は男性が多いですから皆喜ぶことでしょう。……ふふ。では時間もありませんので」

　そう言って剣を掲げて、彩に近づくフー。

　彩はすでに恐怖で動けなくなっていた。

　気高かった姿は消え失《う》せて、そこにはただ恐怖に震える少女しかいなかった。

「いや、いや！」

　手足をじたばたとする彩。目には涙を浮かべている。

　恐怖という感情が彩の脳を支配して、もはや何も考えられない。

　過保護に育てられおよそ恐怖というものにはあまり耐性がなかった彩。

　しかし初めて実感する恐怖は、呼吸もできなくなるほどに苦しかった。

「では……」

　そして振り上げられる剣が、真っすぐ彩へと落とされようとしたとき。

「まずはその長い脚か――がぁぁ!?」

「え？」

　涙目でただフーを見ていた少女には、直後フーが回転しながら横に飛んでいくのが見えた。

「……くそ。決められなかった」

何もない空間から現れたのは、護衛の一人。

まるで透明にでもなっていたかのように突如目の前に現れた。

その振り切った剣の先には、紅《あか》い血がべっとりとりついている。

「なにが……」

そこに現れたのは、天地灰。

ミラージュを使用して機をうかがっていた。

知力が負けているせいで、効果は弱まっているが、意識外からなら不意をつけるほどには半透明。

ここぞというタイミングを狙って首を剣で狙ったのに、ギリギリでガードされて回転するように飛びのくことでダメージを減らされた。

灰は、彩の前にしゃがみ込み告げる。

「落ち着いて聞いてください。龍園寺彩さん、あなたには特別な力がある。魔力を帯びた装備を作る力。アーティファクトを作る力です」

「な、なにを!?」

灰は彩の首からかけられている紅いネックレスを外す。

大きな宝石のような紅いルビーのようなものを彩に握らせた。

「あなたの力が必要です。自分を信じて！　方法は……わかりません、でもきっとできる。あなたなら！　この魔石が媒体です」

「む、無理です！　私にはそんな力は！」

「できる！　自分を信じて!!　でなければ……」

灰は横から振り抜かれた剣を、弾《はじ》く。

「俺達《たち》はここで死にます！」

闇のような真っ黒な魔力を纏《まと》ったフーの一撃をはじき返す。

フーと灰の文字通り命を懸けた戦闘が始まった。

「はは、奇遇ですね。あなたも私に似たような力を持っているのですか？　危うく首が切られるところでしたよ！」

「くっ！」

頬に赤い血を滴らせてフーは灰と切り結ぶ。

だが、押しているのはフー。

それもそのはず、魔力の差は絶対の差、灰ではフーに正面からでは勝てない。

「しかし、私よりも弱いようですね。ご存じの通り魔力の差があればあるほど、大体のスキルの効果は弱まっていく！　多少見えづらい程度では、不意打ちでなければ私の命までは届きませんよ!!」

「ぐっ!!」

灰とフーは切り結ぶ。

魔力の差は確かにある。

灰はミラージュを使用する。

フーはダークネスを使用する。

神の眼でフーのダークネスはほぼ無効化できる。

灰のミラージュは、魔力の差でほぼ無効化され、多少認識を阻害する程度。

突如フーが剣を下ろし、少し距離を取って俺に質問をした。

「だからこそ、不思議です。なぜあなたは闇の中で私を認識できている？　私の力は格上相手にはほぼ効果がありませんが、格下相手には絶対的な力を持っています。ゆえに解せない」

フーは疑問に思う。間違いなく自分のほうが魔力は多い。

それは戦いの中で確信している。

それなのに、この相手は自分の位置をしっかり認識し戦っている。

その理由が分からない。

「それは秘密だ……種明かしはお前を倒したらしてやる」

「そうですか……ですがあなたの力は徐々に弱まってきていますよ。認識阻害スキルも効果がなくなってきているようですし」

「それぐらい知ってるさ、それまでに倒してやる」

「ふふ……いいでしょう。簡単な任務だと思ったのに、ここまで苦戦するとは思いませんでした。あなたはただの暗殺対象ではなく敵のようだ」

そしてフーは剣を地面に突き刺した。

そして綺麗《きれい》な仕草でお辞儀する。

まるで自己紹介をするかのように、丁寧に。

「先ほどはすぐに終わると紹介が雑になってしまい申し訳ありません。私はフー・ウェン。滅神教の司教を拝命しております。主に我が教団にとって不利益なものを世界中で殺してまわることが私の仕事です。それで？　あなたのお名前は？」

「それはご丁寧に、ひどい自己紹介をありがとう。俺は天地灰、この国の攻略者だ」

灰は剣を向けて名を宣言する。

丁寧に自己紹介されたためか反射的に名を返してしまったが、どうせ死ぬか殺すかでしかないのだから問題ない。

「天地灰……どこかで聞いた気がしますね……どこかで……」

するとフーが考え込むように手を顎につけて目を閉じる。

灰は彩のアーティファクト製造の成功を待つしかないので、会話は願ってもなかった。

アーティファクトというものがどんな効果を持っているかは分からない。

それでも今この状況ではその一点に賭けるしかないのだから。

刻一刻と敗北までのカウントダウンは過ぎていく。

「そうです!!　思い出しました!!　あの方がおっしゃっていた、この国に落ちた黄金のキューブ参加者のおひとりですね？　死んだはずが、確かあとから死亡は書類の不備だったとのことでしたが……もしかしてあなた」

「⁉　知っているのか？　あのキューブを。何を知っている！」

「……あなた確かアンランクでしたよね？　なぜ？　ますますわからない……もしかして」

先ほどまでの軽い雰囲気を消し飛ばし、フー・ウェンが今までにないほどの殺意を込めて俺を睨《にら》む。

「あなたが選ばれたのですか？　神に」

「何の話をしている、俺には何のことか分からない」

「……ふふふ、ははは‼　そうですか、そうですか‼　これはなんということだ！　まさかあなただったんですか。田中一誠《たなかいっせい》ではなく‼　ならば‼」

直後フーは灰《かい》に全力で切りかかる。

「あなたを殺してその死体を絶対に連れて帰らなければ‼」

ダークネスすら使用せず、ただの力のごり押し。

しかしそれが一番灰にとって効果がある。魔力の差は埋めることができない絶対の差。

「くっ！　ミラージュ！」

灰もミラージュを使用して少しでも有利に進めようとした。

しかし。

「もうほとんど効果ないですよ‼　神の騎士‼」

簡単にフーによって看破される。

かろうじて剣を切り結べているのは、命のやり取りを繰り返してきた経験。

不利な戦闘を覆してきた経験値。しかしそれでも徐々に敗北が近づく。

絶対的な魔力の差を埋めるには、まだ灰の経験値は未熟だった。

一方で、頼みの綱は。

「アーティファクト？　なにを言ってるの？　私にどんな力があるっていうの!?」

彩《あや》は必死にその手で紅い宝石を握っていた。

紅龍というS級の龍種と呼ばれる魔物から取り出された赤く美しい魔石。

昔彩に祖父である日本ダンジョン協会の会長がプレゼントしたものだ。

「私にそんな力なんか、私は特別な力なんか」

気高く生きる彩という人格は努力によって作られた。

生まれと境遇とその魔力から期待されて育てられた彼女。

しかし、彼女に力はなかった。

魔力は大きいはず、なのに何もできない、何も成せない。

それゆえに、無能のS級と蔑まれることもあったが血のにじむ努力で黙らせてきた。

誰よりも勉強し、誰よりも学んだ。

それでも魔力というものがよくわからず、自分にある魔力は膨大だとわかっても使い方もわからなかった。

ダンジョンに潜ればこの世界も変わるかもしれない。

そんな淡い期待をもって18歳になった今、ダンジョンへと無理言って潜らせてもらった。

彩の人生はこれからだった。

それがこんなところで終わりを迎えようとしている。

最後はよくわからない言葉で、自分に特別な力があるから頑張れと。

信じられるわけがなかった。

ずっと信じたくても否定され続けてきた言葉なのだから。

18年という短くも、彩にとっては人生だった長い年月。

自分は特別ではない、特別でない自分はこの世界に価値はない。

そう思わされ続けた月日は彼女をまるで一見気高い少女のように、他人と壁を作ることを覚えさせた。

それが彩の根幹にあるものだった。

「だめ、できない……私なんかじゃ……」

頑張ろうとすればするほど無力さを感じ、涙がこぼれる。

もう無理だ、諦めようとその握っていた手を開こうとしたときだった。

灰が隣の壁に吹き飛んできた。

頭からは血を流し、それでもその目は未だ諦めることを知らない真っすぐで金色に輝く眼《め》。

ぼろぼろになりながらも、その目は決して光を失うことはない。

「ふふ、先ほどから何を必死にやっているかわかりませんがね、その女には何もできませんよ？」

フーが笑いながら彩を蔑む。

その目はいやらしく下卑た目で彩を見下す。

「容姿しか価値がない女です。そんな無価値な女を助ける必要がありますか？　あなただけなら逃げ切れる可能性もわずかには残っているのに」

「……」

彩は涙を落として下を向いた。

何度も言われたことだ、この容姿だけはいつも褒められる。

この容姿だけは、外側だけはいつだってみんなにうわべだけの言葉で褒められる。

それがたまらなく悔しかった。

しかし。

「それは違う」

灰には見えている。

「何も見えてないお前がその子の可能性を語るな。外側しか見えていないお前が。その子の可能性を否定するな。彼女は強い。自分を信じて諦めない本当に強い心を持っている。お前にはわからないだろ。18年も無能と呼ばれ続けた人の気持ちが。それでも諦めない心の強さが!!」

灰は田中から聞いていた。

彩が無能のS級と中傷交じりで18年近く呼ばれ続けてきたことを。

そしてそれでも抗《あらが》おうとずっと努力に努力を重ねてきたこと。

その辛《つら》さも、その悔しさも、そのすごさも。

全部灰にはわかっている。

「……まだ立つのですか……よくわかりませんね。それに見えていない？　状況が見えていないのはあなたでは？」

灰はボロボロでも立ち上がる。

諦めの悪さだけには自信があるその雑草魂で何度でも立ち上がる。

「いいや、俺は見えてるよ。全部な」

そして灰はフーに向かって指をさす。

「お前は負ける」

「ふふふ、ははは！　この状況で何を言っているのですか？　はぁ……もう疲れましたね。終わりにしましょう。あなたの言葉が間違いだったと、これで証明してあげます!!」

直後フーが、全力で走り灰ではなく彩の前に立つ。

剣を振り下ろし、そのまま彩の首に向けて振り下ろした。

有無を言わさぬ死の刃、その凶刃が彩を襲う。

彩は思わず目を閉じた。

直後彩の顔を濡《ぬ》らしたのは、鮮血の血。

その赤く鉄の味のする血が彩の唇を染める。

「……え？」

しかしその血は自分のものではなかった。目を開けて上を見る。

それは背中だった。

剣を掲げて、何とか受け止める。

しかし、受け止めきれずに刃が左手に食い込んで血が噴き出す。

「天地《あまち》さん……どうして……」

「目を逸《そ》らすな、龍園寺《りゅうえんじ》さん。信じろ、自分を。自分の力を、俺達《たち》は!! 無能と呼ばれ続けた俺達は!! 諦めないことが取り柄だろ!!」

その言葉はかつての自分に言った言葉。

自分なんてと蔑んできた灰。その世界を変えたのは結局のところ自分の気持ちの持ちようだった。

それを伝える灰は、痛みを我慢して振り返りにっこり笑う。

そしてそのまま痛みを我慢し、反撃をするがフーに距離を取られる。

左腕を深く損傷した灰は、もはや両手で剣を握れず、膝をつく。

それを見た彩は、

コクッ
ただゆっくりと頷《うなず》いた。

もう一度今度は心から目をそらさずに、真っすぐに思いを乗せて掌《てのひら》の中の宝石に向かって願いを託す。

何ができるか分からない。

それでもここまで必死に守ってくれる人に、自分をここまで信じてくれる人に。

全力で応えたい。

唇をかみしめて、祈るように力を込める。

今度は絶対に疑わない、今度は絶対に諦めない。

死が全てを終わらせるまでは負けじゃないのだから。

その時噛《か》み締めた唇から滲《にじ》んだ彩の血が一滴垂れた。

その鮮血が手の中に握りしめられた宝石に伝っていく。

そして血の一滴が同じぐらい紅《あか》い魔石に触れた瞬間だった。

突如魔石がまるで太陽のように眩《まぶ》しく光り輝いた。

「え？　な、なにこれ……」

灰はそれを見て笑い、フーは何が起きたと驚きながらも眩しさで手で顔を隠す。

「それが君の力か……信じてた、少し借りる」

灰は彩がその手に握る紅い宝石を受け取った。

その宝石を強く握りしめ、立ち上がる。

「……一体何が起きたか知りませんが、悪あがきですか？　今更目くらましなど」

「いいや、違う。これが彼女の本当の力だよ」

「何を馬鹿な、その女は無能！　それは変えようのない事実！」

「いや。お前は何も見えていないだけだよ。何もな……彼女のことも。そして……――」

「……見えてない？　なにをいってい――!?」

目を見開くフー。

焦ったようにあたりを見回す。

なぜなら先ほどまで見えていたはずの灰《かい》の姿が消えたから。

「……どこに」

突如視界から消えた灰。

それは光を歪《ゆが》ませ幻影を見せる灰のスキル。

ただし格上には効果がないはずの力。

そのスキルがフー・ウェンの視界を歪ませた。まるで、

「――俺のことも」

蜃気楼《しんきろう》のように。

暗い洞窟、その部屋には一人の少女と狂信者。

しかし、もう一人闇に紛れて光に隠れる少年がいる。

「ど、どこに行った!? どういうことだ! で、でてこい!!」

フーは慌てて周りを見回す。

しかし、先ほどまで戦っていた灰の姿を把握できない。

見えていた。その瞬間までは見えていたのに突如溶けて消えたように視界から消えた。

それは奇《く》しくもいつも自分が殺す対象を陥れている状況と同じ。

たしかに灰は認識を阻害するような力を持っている。

だがそれは自分よりも強い相手には効果がないはず。

だからありえないはずなのに。

「まさか……まさかぁぁ!!!」

叫ぶフーの声だけが冷たい壁に反響する。

あの無能のはずの女が作り出した光り輝くなにか。

それは特別な装備を作り出したのではないか?

自分の魔力をも上回るなにかを。

だとするならば。

「う、うわぁぁ!! やめろ! やめろ!!」

フーはただやみくもに剣を振り回す。

見えないということがこれほど恐怖を感じさせるとは思わなかった。

身体中が、目が、背が、足が、いつ刺されるか分からない恐怖で震える。

「で、でてこい！　どこにいる!!」

先ほどまでの冷静なフーはそこにはいなかった。

いつ刺されるか分からない恐怖で、剣を振り回す。

しかしそんなものが当たるわけもない。

そして灰もそれを見過ごすほど甘くはない。

「──お前の負けだ」

「グボォッ!?」

直後、無理に剣を振ったフーの脇腹下に灰が現れる。

フーの目の前で、真っ白な剣を胸に突き刺した。

心臓を一突き。防御することも叶《かな》わずに肉を突き破りフーは口から血を出して力なく倒れる。

灰に一切の躊躇《ちゆうちよ》はない。

初めての殺人、しかし殺さなければ殺されていた。

命と命の削り合い、一歩間違えれば自分が死ぬ。

ならば躊躇《ためら》うことなど許されない。

「言っただろ、お前は負ける……まぁ彼女の力のおかげだが」

「……なぜ……こんな……」

灰は剣を抜き、血を払う。

フーは力なく膝をついて背中から地面に倒れ剣を落とす。

口からも血をふき出し、目は虚《うつ》ろに天を見つめる。

「……」

灰はただ上からその姿を見下ろした。

必死に酸素をいれようとする死に体を見た。

ヒューヒューと必死に生きようとするその呼吸音を耳で聞く。

もはや、命は風前の灯火《ともしび》、灰は自分が殺したんだと確かな感触を手に持っている。

ゆっくり確実に初めて人を殺した感覚が灰の身体《からだ》をめぐっていく。

「なぜなのです……なにが……」

死にかけのフーは口を開いた。

血を吐きながら必死に言葉をつなぐ。

「あの子の力だ。アーティファクトを作り出す。俺はその力でお前を上回った」

(正確にいえば知力だけだけど)

灰が勝利した原因は、彩《あや》が作り出したアーティファクト。

その力は灰の知力の反映率のみを増幅させてミラージュの効果を底上げした。

「アーティファクトを作り出す……なぜあの女がそんな力を持っていると……わかったのですか」

「俺には見えてると言っただろう」

フーは灰の目を見た。

そして気づく、その目の奥に光り輝く炎のような黄金色を。

目を見開き、驚きの表情で、灰を見る。

「……そうか、そういうことですか。神の寵愛《ちょうあい》……それはそういった力なのですね。これはあの方に報告したかった……なんて危険な力」

「……そうだ、俺はこの目を得た。俺にも聞かせてくれ。神ってなんだ？　なんで神を憎むんだ？　お前達の目的はなんなんだ」

「なぜ憎む、ですか……神は滅ぼさなければなりません。それがあの方の宿願。既存の世界を壊す方法。そして私の……私の愛する者を気まぐれで奪っていった神が作り出したあのキューブを無くす方法です。それが私の生きる意味だ」

「なにを……」

灰はその発言と、フーの表情を見て顔をしかめる。

ただの悪だと思った。でもフーにはフーなりの正義があるようだった。

そして灰は気づく。

先ほどまで悪魔のような形相だったフーの顔が、まるで優しく敬虔《けいけん》な神父に見えたことを。

それは見間違いなどではなく、本当に安らかな顔をしていた。

「ふふ。まだまだ青いですね、死にゆく敵にそんな顔をするなんて……いいのです、これで神の支配から解放されたのですから」

倒れるフーを抱き上げる灰は、なぜか涙が落ちそうになる。

先ほどまでは話が通じなかったのに、今ではその表情はとても穏やかだった。

ステータスを見ると狂信状態だったものが、今では消えて死という文字に書き換わっていく。

フー・ウェンはどうやら操られているようだった。

しかし続く言葉で、操られているがそれでも彼の正義は変わらないことに気づく。

「世界の救いはあの方にしかありません。いつか神の騎士であるあなたも目が覚めることを願いますよ……天地《あまち》さん。略式ですが、あなたの未来があなただけのものに、そして――」

フーは胸に下げていた十字架のネックレスを逆さに握る。

灰に向かって、逆十字を切った。

「――人の未来が人だけのものであることを願って……」

それは逆十字と呼ばれる悪魔崇拝の仕草。

それでもその仕草は、まるで敬虔な神父のそれだった。あれほど歪んでいた顔は今ではとても安らかな顔をしている。

そしてフーはゆっくり目を閉じた。

「おい、まだ聞きたいことが！　おい！　おい……」

しかし返答はなく、フーという男はそのまま息を引き取った。

◇灰視点

「なんなんだよ」

俺は力なく言葉を漏らす。

勝利というにはあまりに苦く、後味の悪い感覚だった。

達成感よりも人を殺したという罪悪感と、その最低だったはずの男の最後の顔が脳裏に焼き付く。

もしかしたら本当はいい人なのかもしれない。

これだけの人を殺して、殺されかけて、それでもそう思ってしまうほどには優しい顔でその男は死んでいった。

俺は忘れるように頭から振り払った。

最後までこのフーと名乗る存在が言っていることはよくわからなかった。

でも今はまず、この状況をなんとかしないと。

俺は手に持っている紅宝玉を見つめる。

属性：アイテム（アーティファクト）
名称：紅龍の知

効果：知力の魔力反映率＋25％
説明
紅龍の魔石を、アーティファクトと化したアイテム。
ただし、未完成品のため不安定
崩壊まで：00：00：03

そして3秒あとにその宝玉はパキッという音と共にひび割れた。

どうやら時間制限がある。

考察したいが今はそんな時間はない。なぜなら今にも気を失いそうだからだ。

俺はそのままそのアイテムをポケットに入れて、龍園寺《りゅうえんじ》さんの方へと向かった。

「色々話したいことは多いと思いますが、とりあえず外にでましょう。今にも意識を失いそうです。とりあえずボスを一瞬で倒しますから」

俺は左腕を押さえる。

ざっくりえぐられたその肩は血を流しながら徐々に変色していきそうだった。

「そ、それが……あ、足が……」

俺は龍園寺さんの足を見る。

膝をついて、震える足は力が入らずうまく立ち上がれないようだ。

立てるようになるまで待つほどの体力は俺には残っていない。

俺は龍園寺さんの前に膝をつく。

「抱きしめてください」

「え!?」

「フーに刺された傷で左腕が動きません。だから龍園寺さんが俺に抱き着いてくれますか？　それなら右手一本で運べると思います。腕は動きますよね？」

「え!?　う、動きますけど……え!?」

顔を真っ赤に染めて慌てる龍園寺さん。とはいえ今はそんなことを言っている場合じゃない。

もし俺が意識を失ってしまったら彼女だけではダンジョンを攻略することはできない。

だから、俺は龍園寺さんに身体をくっつけて急《せ》かす。

余裕がない俺はつい、口調が厳しくなる。

なぜならここで意識を失うということは龍園寺さんを死なせることと同義だ。

ここはC級ダンジョン、一般人が生き残れる場所ではない。

だから。

「はやくして」

「は、はい……」

うーっというめき声と共に龍園寺さんは諦めたように俺を抱きしめた。

そして俺は持ち上げる。落ちそうです」

「……もっと強く。

「うぅ……はい……」

少しだけ罪悪感があるが、まぁそんなことを言っている場合ではない。

俺はそのまま剣をしまい、右手一本で龍園寺さんのお尻を抱えるように持ち上げる。

「ひゃあ!?」

「我慢してください。それにしても……」

「な、なんですか!?」

「軽いですね」

「！！？？」

(それにサラサラの髪がいい匂いする……)

俺は少しだけ悪いと思ったが匂いを嗅いでしまうのは健全な男なら仕方ない。

龍園寺さんは真っ赤な顔のまま、耳まで真っ赤にし俺の胸にうずくまる。

うーっと唸《うな》っているが、気にせず俺は立ち上がる。

俺はそのまま走ってボス部屋まで向かった。ボスの部屋を開けて龍園寺さんを置く。

「ブモォォ！！！」

「お前にかまっている暇はないんだ」

「ブモォォ!?」

5秒でボスを殺した。

C級のボスも、B級上位の俺の魔力とミラージュの前では認識することもできずに息を引き取る。

俺はその場で膝をついた。そしてもうだめだと横になって目を閉じる。

正直血を流しすぎて限界だった。

気力で何とか耐えていたが、吐きそうなほどの貧血と、左手に至ってはもうすでに感触がない。

「はは、なんで俺はいつもこうなんだろうな」

「あ、天地さん!!」

龍園寺さんが俺を呼ぶ声が聞こえるが、光の粒子に包まれて俺達《たち》は外へと転移する。

俺はそのまま眠るように意識を失った。

第八章 ▼ 日本ダンジョン協会会長

The Gray World is Coloerd by The Eyes of God

「……ここは？……あーいつもの天井か」

ベッドの上で目を覚ました俺はあたりを見渡す。

自分の腕に点滴が挿さっていることからおそらく病院だろう。

「うーん、とりあえずナースコールを」

ナースコールを押そうとした瞬間だった。

俺は隣で椅子に座りながら寝ている女性がいることに気づいた。

「……え？　あ！　よ、よかった。……ん！　起きましたね、天地灰《かい》さん。体調はいかがですか？」

ちょっとだけ涎《よだれ》が垂れながらも、俺の声で起きたのか凄《すご》く可愛《かわい》らしい笑顔を俺に向けた龍園寺さん。

しかし一瞬で咳払《せきばら》いし、石仮面のように真顔に変わった。表情が一瞬で変わって少し面白い。

「あぁ、ちょっと頭がくらくらするけど……あれ？　手も治ってる」

「優秀な治癒の魔術師を手配させてもらいました。外傷については問題ないかと」

「そうですか、よかった……もう夜か」

窓から外を見るともう暗くなっている。

昼頃から今まで眠ってしまっていたのだろう。

「灰君!!」

俺が起きたことを知ったのか、田中《たなか》さんが走って病室までやってきた。

別の部屋で待機していたのだろうか、スーツのままなので仕事終わりだろう。

「あぁ、田中さん。また病院です、なんかいっつもいますね、俺」

俺は軽く冗談で笑いかける。

「大体は彩君に聞いた。本当にすまない、こんな危険な目に遭わせてしまって。益田《ますだ》君達のことも聞いた。まさかこの日本に滅神教が現れるとは……」

「いやいや、別にこれは田中さんのせいじゃないですって、それに俺がいてよかったです。じゃないと龍園寺さんが殺されていた。結果的には守れてよかったです」

「はい、本当に助かりました、重ねて感謝申し上げます。お礼はまた別で改めて。……それでですね、この件について先ほど祖父から連絡があったのですが」

「祖父？　祖父ってダンジョン協会の会長の？」

「はい、その祖父の龍園寺景虎《かげとら》です。ぜひ天地さんにお会いしたいと……明日お昼ごろ、お時間よろしいでしょうか？　今祖父はアメリカで世界ダンジョン協会会議にでておりましたので、急いで明日には帰れると」

「そうですか、わかりました。いいですよ、俺も伝えたいことがあります」

俺はその提案に了承した。

今日これで明日ダンジョンに潜るつもりもないし、俺も色々聞きたいことがある。

「私も同席しよう、灰君」

そして田中さんが俺だけに聞こえるように耳打ちする。

「その目のこと、話す必要があるかもしれない。会長の景虎さんは信頼できる人だ。私が保証する。味方になってくれるはずだよ」

俺はこくりと頷《うなず》いた。

田中さんが信頼できるというのなら、俺は信頼する。

それほどに俺はこの短い期間で、田中さんを信頼している。

共に命を懸けた仲間だからかもしれない。

「あ、あの天地《あまち》さん。助けていただいたばかりで申し訳ないのですが、私も色々お聞きしたいことが……」

龍園寺さんが少しもじもじと俺に恥ずかしそうに話しかける。

「明日……明日全部話します。それまで待っててもらえますか？」

「わ、わかりました！　10年以上待ったんです。1日ぐらい問題ありません。ではお疲れでしょうから、一旦今日は失礼します。明日迎えをよこしますので」

そう言って龍園寺さんは今日は帰るようだ。

あんなことがあった日なのに怖くないのかと思ったが、迎えがきたようで病室に黒ずくめの男達が現れた。

会長の孫ということで、ダンジョン協会の警護を受けることができるらしい。

お嬢様と呼ばれているが、みんなダンジョン協会の職員さんだとか。

ただし、会長にお世話になった人が多いためその孫娘を溺愛しているようだ。

決して美人だからではないと思う、益田さんのように嬉《うれ》しそうな表情なのはおいておこう。

「では、灰君。今日は疲れているだろうから私ももう行くよ。明日君から色々話を聞かせてくれ」

「わかりました」

目が覚めてしまった俺は空腹だったので飯を買いに行く。

そして、スマホを開きあの組織のことを調べることにした。

《滅神教》

フーという男の最後の顔がいまだに頭に残る俺は、ほとんどニュースでしか知らなかった滅神教のことを調べる。

すると、痛ましい事件の数々がすぐに検索にひっかかった。

「……世界的テロリストか」

滅神教はテロリストとして扱われているようだった。

神を殺し、世界を解放すると謳《うた》っているようだが目的の詳細はよくわかっていないらしい。


だがわかっていることはいくつかある。

多くの信者がおりその数は万に近いとも言われている。

全員が上位覚醒者で構成されており、末端ですらC級以上だそうだ。

中にはS級の大司教と呼ばれる化け物も含まれて、リーダーであり教祖と呼ばれる存在はそれをも凌《しの》ぐという。

世界最大の犯罪シンジゲート、そしてその教祖は世界中で指名手配される最悪の犯罪者。

主に活動は日本国外のようだが、世界中のダンジョン協会を目の仇《かたき》にしているとのこと。

打倒ダンジョン協会を掲げる謎のテロリスト集団。

それゆえに、孫でありS級の龍園寺《りゅうえんじ》彩《あや》さんは狙われた。

会長という世界最強のボディガードがいない、ダンジョンの中という特別な条件下で。

「これからも狙われるなら……どうにかしてあげないと。それにアーティファクトについてもだ」

俺は龍園寺さんの職業を知っている。

アーティファクター、察するにアーティファクトを作成する能力だろう。

それが何を指すかまではわからないが、魔力を練って作られた装備品とは一線を画す力を持つと思う。

なぜなら装備品とは基本的に固定で能力が上昇するものだからだ。

それは俺が今まで見てきた装備品を見てわかったことだが、すべての装備品は攻撃力の上昇だったりの力を持つ。

それ自体はステータスが見えない俺以外は周知されていないだろうが、感覚で全員が知っている。

だが……。

「これだよな……」

ポケットに入っていた壊れた魔石を見る。

龍園寺さんが作成したアーティファクト。俺の知力を25％上昇してくれた。

はっきり言うと破格の性能過ぎる。

「もしこの力が武器を作れて、時間制限もなくなるようになったら……」

俺は龍園寺さんの力にとてつもない可能性を感じていた。

だからぜひ使いこなせるようになってほしい。

命を助けたんだ、少しぐらいお礼といって武器を作ってもらえるかもしれない。

俺は淡い期待を胸に抱き、スマホの画面を閉じる。

「とりあえず、明日全部話そう。会長か。雲の上の人だけど……」

俺は再度ベッドに横になる。

明日会うのは日本のダンジョンを仕切る会長という一番偉い人。

名を龍園寺景虎、日本を代表する攻略者であった過去を持つ。

下手をすると日本の総理大臣並みに影響力を持つ。

ダンジョン協会は政治とは分離した独立した世界的組織。

だがその力は世界すら牛耳れる。

その日本代表。

「良い人だといいけど……」


～翌日。

俺は迎えの車に乗って病院を後にした。

向かうは龍園寺家。大きな家をイメージしているのだが一体……。

「こちらでございます」

「ありがとうございました」

俺は協会の人の案内で都心から少しだけ外れた、それでも東京都内に俺は降り立った。

「……ヨーロッパ？」

それはまるでヨーロッパの城だった。

巨大な噴水とその奥に聳《そび》える大きな白い洋風の建物。

庭というか庭園には美しいチューリップが咲き誇る。

「豪邸だ。まごうことなき豪邸……」

敷地面積がいくらあるのかはわからないが、まるで迎賓館と見紛《みまが》うような家だった。

「あ、天地さん!!」

3メートルぐらいありそうな門の高さに俺が圧倒されていると、中から龍園寺さんが俺を見つけて走ってくる。

顔がぱぁっと明るくなってとても可愛かったが、近づくにつれて顔を真顔にしていく。

相変わらず器用だなと思った。笑顔の方が可愛いのに。

「お待ちしておりました、祖父はもうすぐ着くかと……どうされました?」

俺は一瞬見惚《みと》れていた。

昨日はダンジョン攻略のためか、とてもスポーティーな恰好《かっこう》だったのだが今日は違う。

それはお嬢様という言葉が一番適切な気がするほどに、優雅で可憐《かれん》だった。

白いドレスのようなワンピースに、上からベルトを巻いて細い腰が強調される。

それでいて上品で、まるで俺とは住む世界が違う人にすら見える。

童貞殺し、そんなスキル名があるのなら持っていそうだなと思うほどに俺の好みにドストライクだった、つまり俺は童貞だ。

一応ステータスを確認する、うん、ないわ。

だがそれほどに佇《たたず》まいが美しい龍園寺さんはその服を着こなしている。

自然と俺の口から心の声が漏れる。

「昨日とは雰囲気が違って……とても綺麗《きれい》です」

「!?……あ、ありがとうございます」

とたんに後ろを向いて、お礼だけ述べる龍園寺さん。

少し照れくさそうにしているが、女性は褒めろと教えられてきたからな。

「た、田中さんは既に中でお待ちです。お連れしますね」

「そうですか、わかりました！」

それから一切俺の方を向いてくれない龍園寺さん。

俺は案内されるがまま豪邸へと入っていく。

中もきちんと豪邸だが、外見とは全く異なり近代的な洋風という見た目。

ただし所々インテリアにはこだわりがあるのだろう。くそ高そう。

「おしゃれな家ですね」

「祖母が好きだったんです。私もその影響で……」

龍園寺さんのおばあさんは亡くなっているそうだ。

だがしっかり生きて寿命で大往生で死んでいったので、悲しいが龍園寺さんは笑って話す。

「こちらです。今紅茶を淹《い》れてきますね」

そう言って龍園寺さんは行ってしまう。

メイドさんとかがいるのかと思ったが、そういうわけではないらしい。

だが家のお掃除とかは週に一度業者が行っているとのこと。

「お、きたね。体調はもう大丈夫かい？」

「田中《たなか》さん！」

案内されたのは、応接室とでもいうのだろうか。

大きなソファに貴族のような部屋は洋風で統一されてすごくおしゃれだ。

「はい！　もう輸血にも慣れました！」

「うーん、あまり褒められたことではないな」

俺達《たち》は少し笑い合う。紅茶とクッキーのようなお菓子も運ばれてきた。

高そうなお菓子と紅茶を優雅に楽しむ田中さんと龍園寺さんはとても似合っている。

俺はここぞとばかりにお菓子を食べまくる。食える時に食っとかないとね。

「お好みにあいましたか？」

「あ……すみません、甘いものって久しぶりで美味《おい》しくてつい……」

「たくさんありますので、お好きなだけ」

「はい！」

「そういえば、彩君。景虎《かげとら》さんは？」

「そろそろだと思いますが……成田からは最短距離で走ってくると言ってましたし」

「はは……相変わらずか」

そのときだった。

バーン！

「彩!!　儂《わし》が帰ったぞぉ!!　成田から全力はさすがにちょっと疲れたわぁ！」

「帰ってきましたね。お出迎えしましょうか」

その家中に響くような大きな声に俺達は立ち上がり玄関へと向かう。

そこには、70代なんて嘘《うそ》だろと思うほどにムキムキのお爺《じい》さんがいた。

7つの球を集めるアニメの亀の仙人並みにムキムキだった。

短パンにアロハシャツがよく似合い、そしてサングラスをかけている。

髪は金髪に染まっており、年齢とは何だと言わんばかりにハイカラなお爺さん。

露出している四肢すべてに古傷があり、歴戦の猛者《もさ》だと一目でわかる。

まるでヤクザ漫画に出てくるヤクザの組長だと思った。

厳《いか》ついのに、それでもその顔は親しみやすい。

「おかえりなさい、おじいちゃん」

すると景虎さんはその大きな手で龍園寺さんの頭を優しくなでる。

小さな頭がすっぽり入ってしまうほどの大きな手。

「彩……電話では話したが、無事のようで本当によかった……お？　田中君も来とったか。久しいのぉ！」

「お久しぶりです、といっても正月に挨拶にきましたので1年たっておりませんが」

「がはは、そうか？　それで……」

「天地灰《あまちかい》です……は、初めまして！」

その筋肉お爺さんがゆっくりと俺の前まで歩いてくる。

サングラスを取って、その鋭い目線が俺を射貫《いぬ》く。

だがすぐに景虎さんは、頭を下げた。

「初めましてじゃな。日本ダンジョン協会会長の龍園寺《りゅうえんじ》景虎じゃ。まずは彩《あや》を助けてくれたこと、心から感謝する。いつもは儂が近くにいたんじゃが、隙を突かれた。君がいなければ彩は死んでいただろう。本当にありがとう」

「そんな自分は……護衛の任務を全うしたまでで……」

「いや、命を懸けて守ってくれたと聞いている。A級のフー・ウェン相手にそれこそ気を失うほどのケガもしたと。本当に感謝してもしきれない。ありがとう、灰君。儂の世界で一番大事な彩を守ってくれて」

その体格に似合わずしっかり頭を下げる会長。

その態度から俺は悪い人ではない事だけはわかる。

俺の短い人生観でなんとなくわかる。この人は善だと。

自分よりも圧倒的年下で地位も何もない俺にも礼儀を尽くしてくれる。

「……わかりました。受け取ります。どういたしまして」

すると景虎さんが顔を上げてニカッと笑う。

俺もつられてへへっと笑ってしまった。なんて安心する人なんだろう。

「おじいちゃん！　じゃあここじゃなんだし、お昼にしましょう！　何がいい？」

「あぁ！　走ってきたから本当にお腹《なか》が減ったわ。そうじゃな、寿司《すし》がいいの！　特上、

10人前注文してくれ」

「ふふ、了解」

俺達はそのまま応接室に戻った。

龍園寺さんだけは、お寿司を注文しにいった。多分出前だろう。

「景虎さん、もうお年なんですから車でゆっくり移動されたほうが」

「久しぶりにやったが、息が上がってしまったわ。だがこれが一番早いからな。早く彩に会いたかったたし、君達にもな。じゃあ早速彩が戻ってくる前に聞こうか」

「はい、彩君から聞いた話と、昨日調査隊がキューブの中をすぐに調査しましたところ、滅神教の司教、つまりA級の覚醒者フー・ウェンで間違いないかと。世界的に指名手配されれ多くの要人を殺した暗殺者、まさかあんな大物が日本に来ていたとは。私も名前しか知りませんでしたが」

「そうか……あれは協会の中でも相当に警戒されとったが……それをアンランクの灰君が倒したと。それは説明してもらえるのか？　それとも秘密か？　助けてもらったのはこちらだ。秘密なら……話さんでも」

田中さんは俺を見る。

俺はそのまま頷《うなず》き、話すことにした。

「いや話します、それに龍園寺さん……いや、彩さんのことでお伝えしたいこともありますし」

「この場で聞いたことは他言しないことを誓おう」

俺達は机に座って向かい合う。

俺は意を決したように口を開いた。

「ありがとうございます。それでですね……景虎会長。俺には魔力を持つ人のステータスが見えます。どんな力を持っているか、どんな能力なのかを。それが俺が金色のキューブを攻略して得た力です」

俺が金色のキューブ攻略者であることは景虎会長も既に知っている。

だが、その結果手に入れたこの神の眼《め》については何も知らない。

「ステータス？　それはどういう……」

「見ていただいた方が早いですね」

俺は田中さんの時と同じように紙とペンを取り出す。

スラスラとこの目に映るものを書いていく。

それを見た優しそうで笑っていた会長が、突如目を見開く。

「これが景虎会長のステータスです」

名前：龍園寺景虎
状態：良好

職業：バーサーカー【上級】
スキル：痛覚遮断、自然治癒
魔　力：２８４３００
攻撃力：反映率▼１００％＝２８４３００
防御力：反映率▼25％＝７１０７５
素早さ：反映率▼25％＝７１０７５
知　力：反映率▼25％＝７１０７５
装備
・なし

俺は景虎会長に紙に書いたステータスを見せる。

見た目通りのバーサーカーだ。職業による反映率の上昇をすべて攻撃力に注ぎ込んでいる。

俺の初級騎士（光）なんかは、攻撃力と知力に25％の上昇補正が入っている。

だが、バーサーカーは75％の攻撃力に対する上昇補正。

これは推論だが、基本は全員合計が１００％で、初級職はさらに50％、上級職は75％、そして彩さんの覚醒は１００％の上昇補正をしてくれるんじゃないだろうか。

それにスキルも痛覚遮断に、自然治癒。

強いわけだ、単純な力と痛みを無視して戦い続け、さらに回復までするのだから。

「魔力は確かに田中君も知っているだろう、しかし……スキル。痛覚遮断については、わしの特異体質だとばかり……現役時代の仲間達しか知らないはず。いや、それでも聞けば……」

「会長」

悩むようにその紙を見る会長を田中さんが呼んだ。

そして目を合わせて頷いた。

「にわかには信じられないが、信じよう。これは灰君が知りえない情報だ。これが強さの秘訣《ひけつ》だと？」

俺はそれからキューブについても説明した。

景虎会長は、田中さんの時と同じような反応をしたが、それでも田中さんの後押しもあり納得する。

「これを知っているのは？」

「田中さんと会長だけです」

「そうか……わかった。再度他言しないことを誓う。だがこれで合点もいった、アンランクの灰君がA級と戦えるまで成長したということに」

だが俺はそれを否定する。

「いえ、違います。俺だけでは絶対に勝てませんでした。今の俺はB級の中堅。勝てたのは彩さんの力です」

「彩の？」

その時だった。彩さんが扉を開けて戻ってくる。

会長はその場で口を閉じたが、俺としては彩さんには全部話すつもりだった。

なぜならアーティファクトを作ってほしいからだ。

彼女が悪なら俺はそんなことはしない。でも彼女は善だと思う。

ただ力ない自分を嘆き、もがき続けているだけの必死な少女。

「彩さん、座ってもらえますか？　話したいことがあります」

「へぇ!?　あ、あや……」

「すみません、景虎《かげとら》さんもいますので……下の名前でいいですか？　それとも……」

「あ、あぁ！　そうですよね。わかりました……彩で問題ありません。それに敬語も必要ないです、天地さんは同い年ですので」

「あぁ……わかったよ、彩。じゃあ来てくれる？」

「……」

「彩？」

「は、はい！」

赤くなりながら照れている彩。下の名前で呼ばれることにあまり慣れていないのだろうか。

まぁ昨日まで赤の他人だしな、仕方ない。

するとと景虎さんと田中《たなか》さんがひそひそと話し出す。

「た、田中君……も、もしかして……」

「そういうことでしょう、意外と天然のたらしのようです」

「どうしました？　田中さん、景虎さん」

「な、なんでもないよ」

「ま、まだおじいちゃんとは呼ばせんぞ！」

(年齢のことか？　確かに年齢はおじいちゃんだけど、この人を年寄り扱いはできないだろう)

「天地さん、私も灰さんとお呼びしてもいいでしょうか」

「ん？　いいよ。じゃあ話を戻します。彩のステータスですが……」

俺は彩を見つめて、紙にステータスを書いていく。

彩は目を合わせないように、髪を指でくるくるとしているが、まるで絵のモデルのような佇《たたず》まいだった。

やっぱり美人だと改めて思うほどには座るだけで絵になる。

「知力以外には反映率が0、これが起因していると思われます。そして彩には特別な装備を作る力が宿っています。アーティファクトと呼ばれる装備。このステータスに書かれている反映率という数字に影響を与える装備です」

「なんと……彩のステータスも」

俺は景虎会長と彩にステータスを見せて説明する。

彩は驚くが、それでもすぐに理解する。

頭の良い人だ、一を聞いて十を知る。

「これが私の力……私だけの特別な力……」

すると景虎会長が彩の頭に手を置いて優しくなでる。

「そうだ、お前は無能なんかじゃない」

「うん……うん……」

彩を慰める会長。無能のS級と呼ばれてきた彼女が一体どんな人生を歩んできたのかまでは俺は知らない。

だが、無能と呼ばれる気持ちだけはわかるつもりだ。

どれだけ努力しても、生まれ持った魔力という才能の前では虫けら同然に殺される。

俺はそこで受け入れてしまったが、彼女は受け入れずにずっと戦ってきたのだろう。

無能ではないと証明するように、努力を重ねてきた彼女を俺は少し尊敬している。

「それで、この能力のことは俺にも正直よくわかりません、でも……」

俺は持ってきていたA級の魔力石、彩《あや》が作ってくれたアーティファクトを差し出す。

紅《あか》く丸い石は、真ん中で綺麗《きれい》に割れてしまっているが。

「魔力石、これを使って作り出すものです。彩、割れてしまったけどこれは返しておく。

それで何か思いだせない？」

「ありがとうございます。割れてしまいましたか……ですが命には代えられませんね。あの時なぜ特別な力がでたのか……色々考えていることがありますのでちょっと検証させてもらいますね」

俺はこくりと頷く。

研究者のような彩のことだ、きっとあの時の状況を事細かに再現し、原因を見つけてくれるだろう。

「また完成したら呼んでよ、俺ならアーティファクトがどんな能力を持っているかがわかるから。詳細までは今はわからないけど……」

「わかりました！　色々試行錯誤してみます。力があると証明されただけで、見えない暗闇を進むより、はるかに真っすぐ道が見えました」

「それはよかった。では俺の話は終わりですが……儂《わし》が彩の傍《そば》にいることにする。儂がおれば「話してくれてありがとう、灰君《かいくん》。しばらくは儂が彩の傍にいることにする。儂がおればそう簡単に手だしはできんだろう」

「この度は本当にありがとうございました。灰さん、この力を使いこなせるようになったらぜひアーティファクト？を受け取ってください」

（よっしゃ！）

俺はその言葉に小さく心でガッツポーズした。

正直自分の口から言うのは少しだけ抵抗があったのだ。

多分アーティファクトの価値は億で済まないかもしれない。

それこそ大国がその力を求めてどんな行動を起こすか分からない。

こんな言い方はしたくはないが、彩の力はこの現代において兵器だ。

世界のパワーバランスを壊しかねない力。

仮に量産できるのならば、それこそ世界が変わる。

「2人ともわかっておるとは思うが……」

「はい、誰にも彩さんの力は言いません」

「私もです。会長」

彩の力については、俺の力同様に秘密となる。

それから俺達《たち》は今後のことを話し合った。

「じゃあ、灰君。C級ダンジョンをソロ攻略していくつもりなんだな？」

「……そうしたいです」

俺はソロ攻略を続けたいこと、そしてその理由を伝える。

相手はダンジョン協会会長、いうなれば最もこのルールについて厳格に守らなければならない存在。

もしかしたらここで俺は資格はく奪すらも……。

「よいぞ」

「え？」

「元々ダンジョンポイント制度は力なき攻略者が死なないように考えたものじゃ。今ではルールとして定着しているが、そもそもの始まりはたくさんの人がダンジョンで死んでいく中で作られていった我々の基準だった。最低限それだけの戦力でダンジョンには望むべきだというな。だが、君には成し遂げなければならない理由があるのだろう？　ならば止めない。ルールよりも優先するべきことはこの世界にいくつもある。ただし！」

景虎さんは指を口に当ててウィンクする。

「内緒じゃぞ？　一応儂会長じゃし」

「はは、了解です。これでＡＭＳの治療方法を探せます」

俺は握り拳をつくって、ガッツポーズ。

これでまた一歩凪《なぎ》を目覚めさせるのに近づいた。

◇田中と景虎視点

灰が帰り、田中と会長が部屋に残る。

「いい子でしょう、灰君は。私彼のことが大好きなんです」

「がはは、今どき珍しいの、あんな子は。家族のために戦う。だが一番力を発揮する方法だ、儂にとっての彩のようにな。一度稽古をつけてやらんと」

「ははは、是非お願いします。彼はまだまだ発展途上ですから。きっと彼はどんどん強くなるはずですよ、それこそこの国を背負うほどに」

「若い芽が育つ。頼もしい限りじゃな」

「はい、いずれきっと。……それで会長、今回の世界ダンジョン会議の議題は……」

「あぁ、今回の議題は2つ。1つは滅神教について。近々大規模な動きがみられるから警戒をとのこと、対策は各国に任せると大分投げやりだがな。まぁ仕方ない。奴《やつ》らの動きはわからん」

「そうですか、して最も今重要なあれは？」

「龍の島か。一応は米国が動くことになった。日米安保にのっとって軍事行動としてな。だが中国がまだ反発している。領土的には我が国の排他的経済水域内の龍の島だが、次に近いのは中国なのでな。もしかしたら……無理やり動くやもしれんな」

「難しい問題です。S級キューブ、その利権は莫大《ばくだい》な利益を生む。どの国も欲しいはず。その魔力石はもはや軍事力ともいえる存在ですから。中国もアメリカには取られたくない。それは我々も同じですが」

「できれば我が国で解決し、我が国での利益としたいのだが……もう二度失敗している。これ以上他国の介入を止める言い訳がない」

「……この星にあって人類が唯一生存圏を奪われた島ですからね。……ダンジョン崩壊を起こしてもう2年になりますか、S級を3名も失ったあの日から」

「あぁ、S級の龍達が闊歩《かっぽ》する島。他国の力を借りるのは……やはり日本としてつらいがの」

「あぁ、近々龍の島奪還作戦は開始される。海外にいる龍之介《りゅうのすけ》とレイナ君を呼んでくれ」

「では」

◇フィリピン、A級キューブの崩壊地点

「おい、レイナ！　じじいが日本に帰ってこいってよ」

「そう……わかった」

フィリピンでA級キューブが崩壊した。

中から溢《あふ》れ出るのは1体1体がフー・ウェンをも凌《しの》ぐ化け物達。

その数は数百にも上り、フィリピン政府は対処できないと救援要請を日本に出した。

そして対処したのは、共に日本のS級の2人。

黒龍こと天道《てんどう》龍之介、銀の乙女こと銀野《ぎんの》レイナ。

2人が到着した頃には溢れ出たA級の魔物達が街を滅ぼしていた。

たった1体で街すら亡《ほろ》ぼす文字通り化け物の軍勢。

だがその化け物はそれ以上被害を出すことはなかった。

数分の出来事だった。銀色の髪をなびかせる少女の下には、百を超える魔物の屍《しかばね》が積みあがる。

その上で氷のような瞳をした少女が一人、感情すらも凍らせて立つ。

「なんかじじいが、灰って坊主を紹介したいらしいぞ。知ってるか？」

「灰……」

凍ったままの表情で少女は一瞬考える。

しかし、すぐに思考をやめて空を見る。

どうでもいいことだろうと、ただ一言だけ返事をする。

「知らない」

◇灰視点
「さて、C級の空気も掴《つか》めたが、はっきり言うと負ける気がしないんだよな……」

俺は自宅に帰り、田中さんからもらったC級ダンジョンのリストを見る。

この一覧に関してはいつでも入っていいとの許可をえた。

とはいえ、ミラージュを使用して一人であることがばれないようにするのが条件だが。

「……いくか。強くならないといけないし、それに滅神教……田中さんには伝えたけども
しかしたらあいつら俺を狙っているかもしれない。というかこの眼《め》のことを……それに神
の試練のことも知ってた。一体何者なんだ」

だが考えても無駄なこと。

今は強くなるためにC級を完全攻略し魔力を増大させる。

俺はそのまま最寄りのC級ダンジョンへと向かった。

「ミラージュ！」

道行く人は透明になった俺に気付かない。そして俺は桜色に輝くダンジョンへと足を踏み入れた。

そこはダンジョン、夢と光と血と肉が封印された箱。

危険はある、それでも俺は強くならないといけないから進む。

凪を救うために。

そしていつの日かあの人に言うために。

俺なんかとは比べ物にならないほどに天の上にいた少女。

あの憧れた銀色の乙女と肩を並べて戦えるように、そしてその時絶対言うんだ。

『あのとき助けてくれてありがとう、今度は俺が助けるから』って。

アンランクで世界最弱だった俺があの最強に。

「でも今は……ここが俺の精一杯。だからもっと」

凛《りん》とした音と共に俺はC級キューブへと勢いよく足を踏み入れた。

恐怖はない、恐れはない、あるのはただ1つ。

「──強くなろう！」

この胸の高鳴りだけ。

あとがき

まずは本書を手に取っていただきありがとうございます。

作者のＫＡＺＵです。

ＷＥＢ連載から来ていただいた方、引き続き応援してくれてありがとうございます。

また書籍から初めてこの物語に触れていただいた読者の方、初めまして。

この作品はＷＥＢサイトのカクヨム、小説家になろうにて連載しております。

今回ご縁がありまして、オーバーラップ様から書籍化させていただくこととなりました。


本作いかがでしたでしょうか。

神の試練編は、何の苦労もせずに力を手に入れるという最近の主人公に対するアンチテーゼ的な意味で考えて書いたものです。

力が無くても、人本来の頭を使う。そして覚悟を決める。

そういった人間の強さを描ければなと思い書かせてもらったストーリーです。灰《かい》の自己犠牲の部分は悩みに悩んで、やはり人の本性はギリギリで出てくるものだからとあんな展開にしました。

そんな心優しい灰が、これから世界を巻き込む神話の時代からの戦いに参加していく物語。

おそらくは全5巻から6巻ほどで完結するんじゃないかな。（出せるとは言ってない……）

よければまた次巻のあとがきでも出会えることを心から願っております。

では作者のＫＡＺＵでした。

灰の世界は神の眼で彩づく 1
～俺だけ見えるステータスで、最弱から最強へ駆け上がる～

発　行　2023年5月25日　初版第一刷発行

著　者　KAZU
発 行 者　永田勝治
発 行 所　株式会社オーバーラップ
〒141-0031　東京都品川区西五反田 8-1-5
校正・DTP　株式会社鷗来堂
印刷・製本　大日本印刷株式会社

Printed in Japan　ISBN 978-4-8240-0493-2 C0193

作品のご感想、ファンレターをお待ちしています
あて先：〒141-0031　東京都品川区西五反田 8-1-5 五反田光和ビル4階　オーバーラップ文庫編集部
「KAZU」先生係／「まるまい」先生係

PC、スマホからWEBアンケートに答えてゲット!
★この書籍で使用しているイラストの『無料壁紙』
★さらに図書カード（1000円分）を毎月10名に抽選でプレゼント!

▶https://over-lap.co.jp/824004932
二次元バーコードまたはURLより本書へのアンケートにご協力ください。
オーバーラップ文庫公式HPのトップページからもアクセスいただけます。
※スマートフォンとPCからのアクセスにのみ対応しております。
※サイトへのアクセスや登録時に発生する通信費等はご負担ください。
※中学生以下の方は保護者の方の了承を得てから回答してください。

オーバーラップ文庫公式HP▶https://over-lap.co.jp/lnv/